海を覗く

伊良刹那

新潮社

海を覗く

一

海を見た人間が死を夢想するように、速水《はやみ》圭一《けいいち》は北条司《ほうじょうつかさ》に美を思い描いた。二人が交流を深めたのは高校二年生の春のことだった。始業式直後に隣の席に座った男の横顔の精緻さを、速水ははっきりと記憶している。秀《ひい》でた額と一直線に筋が通り先の尖った鼻。控えめな唇の艶やかな赤が白い肌に浮かんでいた。その横顔は速水の知る中で最も人間から遠い美、最も単純な美だった。人間というより、人間の形をした石像のようだった。そんな単純な美貌が速水に絵画を眺めるときのような恍惚《こうこつ》を与えたが、彼は美術部の一人で芸術を知っていたから、その美に介入することの愚かさも知っていた。それは広く雄大な海がたった一滴の血液で、その青さを損なうような、失意にも似た感覚だ。美は自己や客体といった要素が一度でも介在すると一瞬にして瓦解し、二度と美として顕現《けんげん》しないと速水は信じていた。たとえその要素がどれほど高尚な美徳でも悪徳でも、久遠《くおん》の美に立ち入ったその瞬間にそれらは夾雑《きょうざつ》物《ぶつ》であり、瑕瑾《かきん》にしかならない。透き通り静謐で独立不羈《どくりつふき》な美。自己の主張も他者の主張も意に介さない無関心の美徳。そのような本人すら自覚しない北条の人を魅了する本質を、速水は初対面でその見目形《みめかたち》から的確に読み取っていた。その美の瓦解を許したくないがゆえに、最初のうちは眺めるに留め、それほどの交流もなかった。

当然、それほどの美貌が校内で注目されないわけもなく、速水も北条の存在を入学当初から認知していた。北条自身はというと、他人からの視線や情念を憂《うれ》えていたというより、それらの熱意にまるで関心がなかった。そしてそれを恥じることもなかった。北条はその人間的感情の不足から、人から好かれようとも嫌われようとも泰然自若の態《てい》をまるで崩さず、それがかえって、彼の透明な輪郭をよりはっきり、もしくはより曖昧《あいまい》にした。北条の関心は感情にもそれを内包する人そのものにもなかったのだ。熱意や陶酔からは全く離れたところに北条はいた。色白の肌と冷ややかで疲れを帯びた眼差《まなざし》は、北条の観念が肉体に作用していたというより他にない。まるで海のような男である。いかに身を捧げてもその深さには拒まれ、幽玄で無量の潮水が流水と静水で常に入り乱れているように、一貫性がないという点のみが一貫している。そして、滄海《そうかい》に血液が一滴とて滴《したた》ることを許さない。自身の静寂さを無自覚ながらに理解した堅牢《けんろう》な檻の中に住みながら、不自由など一切感じさせない姿を保つのだった。

だが北条はまるで感情の欠落した人間ではない。あらゆることに無関心であり、無関心にすら縛られない人間であるから、速水が彼に感じる芸術性などは彼にとっては存在の有無すら疑われた。疲れた眼差のまま笑ってみせたり、色白の肌を日の下に晒《さら》しながら体育の授業を受けたりすることもあった。その微妙な矛盾が北条のアンニュイをより巧妙にした。その一面によって北条のほうから隣席の速水に話しかけたのは、いたって自然な流れといえるだろう。

「速水って海好き？」

速水は口下手な男ではないが、この質問には動揺し、やや口籠《くちごも》った。速水は芸術家としての自負はあったが、自分が天才でないことを理解していた。表現は些《いささ》か凡庸さを抜け出してはいたが、感性は平均的であった。それゆえ、初対面の人間との会話は当たり障りのない、言葉の浪費としかなりえない、会話と呼ぶにはあまりにも粗末な代物であるのが常だったのだが、それとは対照的に北条の質問は人に性癖を問うようなものであった。速水にとって海はあらゆる生命の根幹であり、あらゆる官能の根幹であった。その好みの答えはまさに、人間が社会で生きる以上はみ出すことの許されない白線が何処に引かれているのかに対する答えと同義だった。

「す、好きだけど。どうして？」

「そっか。俺も」

どうして、の部分にすぐには答えないところに、北条の無邪気な身勝手さが垣間見えた。

だが、すぐに北条は続けた。

「美術室に飾ってた海の絵。速水圭一って名前も併せて記憶してたんだ。暗い海の美醜が写実された、いい絵だった」

一年生の時に既にお互いの名前を認知していたことを知ると、速水は少し悦《えつ》に入った。それと同時に感嘆した。その海の絵は大したものではなく、何か大きなきっかけや感慨があって描いたわけでもなかった。確かに速水と海との距離の暗示も見られる絵だが、根本は構成とデッサンのための写生である。見たままの海、凡庸な自然である。速水は見たものを精緻に描くことに長《た》けていたが、犀利《さいり》な認識は常に外界に向けられ、内省的でありながら自分の感性を深く認識することのない仮面の性質によって、どれだけ美しい絵画も、そこに込められた発想より写生の精密さのほうが注目をあびるに相応《ふさわ》しい代物だった。だが北条は海という自然描写の透明すぎる抽象性と官能の中に、写実的な美醜を観たのだ。それはまさに行動の世界に生きる者にのみ許される視覚であった。行動を軽蔑する優美な本能と生きながら、北条は行動による物象《ぶっしょう》の輪郭すら知覚する。北条の表現が凡庸でありながら、その裏に鑑賞の才が潜んでいることに速水は気づき、慄《おのの》いた。何も考えずに眺めることこそが、鑑賞の最も幼稚な初歩であり、幼稚であるがゆえに最も枢要《すうよう》である。鑑賞による曲解を恐れず、ただ眺める子供のようなあどけない視線は、作者に媚《こ》びることも、他の鑑賞家に媚びることもしない。鑑賞に於《お》いて本質を見る権利はあっても義務などない。己《おのれ》が見たものと感じたものが全てで、意図も意味も、芸術は鑑賞する者に委《ゆだ》ねられて当然だ。なればこそ、己の認識と、その認識により形成された世界を脅かす第三者の認識との関係が、鑑賞の意義深さである。そのことを速水は熟知しており、それこそが北条との共通点でもあった。常に自分を規定するのは他者であると考え、自由の所有権は自分ではなく他人の手中にある。ただ一つの相違点は、速水はそれを愛すべき妥協と考え、北条はそれを意識すらしていなかったことである。

「ありがとう。北条くんに知ってもらえてるなんてうれしいよ」

「くん、はやめてくれ。北条でいい」

「じゃあ北条、君も海は好きか？」

「うん。でもどうだろう。海以外の自然にはあまり惹《ひ》かれないかな」

海以外の自然に惹かれないという発言に速水は妙に合点がいった。北条は能動を嫌ったのだ。能動は意志であり、意志は関心である。無関心で透明で静寂な北条が、その性質を活かすには受動の世界に生きる他にないからこそ、文学や音楽はもちろん、自然という無理矢理押し寄せる美には惹かれないのだ。だが海は違った。その官能に全身が浸かろうと、海の全身を知ることはできないからである。動的でもあり静的でもあるという点では絵画も一致している。官能という美徳が北条には確かにあり、それがある種の共感であることを速水は悟った。だが北条は自身にも無関心のため、自身の想念が何処から滲《し》み出るものなのか知りえないし知ろうともしない。鑑賞に秀でた北条に一歩勝る分析に、速水はまた得意になり笑みが溢れた。

「そう。海は特別なんだな」

「うん。だから速水の絵、もっとみたい」

「別に俺は海の絵しか描かないわけじゃないよ」

「ハハ。それもそっか。でも気になるんだ。速水なら多分、海以外を描いても海の暗澹《あんたん》を描けると思うんだ。まあ端的に言うならファンなんだよ、お前の絵の」

そこまで聞いて速水は少し怪訝《けげん》に北条を見た。美に介入することでその美しさが損なわれる恐怖が前提にあるとき、美から歩み寄ってきたのならそれは恐怖が這い寄ることと同じに思えた。だが速水はこの短時間で、会話すらせず名前と噂しか知らなかったときの夢想の北条と、現実の北条の差異なき事を感じた。どれだけ北条が俺に近づこうと、どれだけ親しくなろうと、彼の無関心が損なわれることはないだろう。俺の憧憬《しょうけい》、俺が久遠に眺めていたい美が損なわれることはないだろう。平行線は決して交わらないが、平行であることを保つために互いの視線は絶えず絡み合うのだ。

その時、速水には悪魔的な発想が浮かんだ。この北条司という男の美の根幹、人を見透かしているのか、そもそも人の像を結ばないのか判別がつかないほど胡乱《うろん》なその眼差は、いったい俺にどこまで犯されるのだろうか、と。

速水は芸術家であるから、認識の世界に生きることに慣れていた。ゆえに禁止と侵犯によるエロティシズム、汚穢《おわい》に身を滅ぼしかねない危険な美的領域に惹かれながらも、白線の内側で通過列車の残像を眺めるように、その一歩手前に佇《たたず》むことを至福としていた。だがもし一歩踏み出したなら。この男の持つ久遠の美を本当に久遠のものにできるのは俺しかいないんじゃないのか。そう考えると、口は思考を辿《すべ》り出させる役目のみを全《まっと》うし始めた。

「ファンって言ってくれるなら、少し頼まれてくれるか？」

「なに？」

「今までは抽象性を保ちながらも写実的な自然風景ばかり描いていたから、今度は人を描こうと思うんだ。前から北条のこと綺麗な顔してると思ってさ、描きたかったんだよ。話してまだ少ししか経っていないのにおこがましいけど、よければモデルになってほしい」

自身がやっているのは北条の美を滅ぼしかねない行為だ。だがこの北条を描くことでしか、もはや芸術に価値はないと思えるほどに焦《こ》がれてしまったのだ。

上げた口角から白い歯がちらと見えた。速水は北条の返答より、雪のように白く、なだらかに並ぶ歯の一つ一つが、カーテン越しの日光と室内灯とに照らされ、透明な唾液によって赫奕《かくえき》とするさまに魅せられていた。

「ああ。いいよ」

この時既《すで》に、速水は恋に落ちていた。速水はあらゆる文学作品や詩集、芸術に触れることで恋を知っていた。だが優れた鑑賞家でない速水はそれらを普遍化することのみにとどまり、文学から見出した感情や法則を実感することはなかった。恋とはこういうものだ、と理解はできるが、自分にその痛みや情念を再現することはなかった。全ての感情は予見され、自分が感じる陶酔や情熱はそれに準《なぞら》えた予定調和だ、と速水は考えていた。己の感情の振れ幅を狭くするという反芸術的な行為を無意識に行う速水に、北条の気怠《けだる》い視線が絡んだのはある種必然であり、心の底で芸術や自然を優しく軽蔑する趣《おもむき》を持つ北条の夢想と根は同じであった。二人はあらゆる点で似ていたが、同じ根を共にしてもその花と葉はまるで異なるように、明確な違いがあった。その共感と違和感の綯《な》い交《ま》ぜによる感情を、速水が恋と自覚するのはまだ先のことである。

二

速水が来るより先に、部室は開いていた。黒板の前に列をなす机が、西日の微睡《まどろ》むような明るさにその木目を晒していた。木材の匂い、絵の具の匂い、水道の匂い、斜陽の匂い。この美術室の空間に遍《あまね》く広がる匂いの数々の一つ一つを詳《つまび》らかにし、それら一つ一つに速水は耽《ふけ》った。

「今日は遅かったね」

「委員会です。新学期ですから」

「大変だね。一、二年生って」

一部の机を乱雑に退けた空間に、カルトンを固定した木製イーゼルを置いて、鉛筆画を描きながら適当に呟《つぶや》いた男は、美術部の部長、矢谷始《やたにはじめ》である。美術部は三年が矢谷、二年が速水と山中春美《やまなかはるみ》の計三名のみで構成されている。顧問はいるにはいるが、速水は滅多にその姿を見たことがなかった。美術の授業は非常勤の外部講師が受け持っているため、顧問は美術そのものに興味がなく、少ない部員数と矢谷のこと美術に関しての歯に衣着《きぬき》せぬ物言いが原因で来ないのだろう、と速水は見当づけていた。

「山中さんは？」

「さあ。そのうち来るでしょう。まあ、来ても黙々と風景画を描いてるだけですけど」

沈黙が室内を埋めることで、速水は匂いをより深く嗅いだ。心に平静を与えるこれらの匂いを速水は愛していた。沈黙により遠くからでも鮮明に聞こえる運動部の声々すら、それらの匂いは掻き消すようだった。席まで移動し矢谷の後方辺りに腰掛けた。ふと矢谷の手元を覗《のぞ》いた。

「カレンダー、ですか」

「うん」

短い返事の中には冷たさが宿っていた。集中している矢谷の美に向き合う姿は酷く冷徹だった。何かに熱中したり陶酔したりする人間の鬼気迫る空気感というより、穏やかで麗《うるわ》しい薄い気流の膜のようなものを纏《まと》っていて、決して触れることなどできないようだった。その瞳の動き、その手の動き、背筋の伸び方から座り方まで、世に蔓延《はびこ》るあらゆる醜《みにく》さを侮蔑《ぶべつ》しながら許しているような気配を有していた。だが速水は気にせず声をかけた。それは二人の信頼関係からなせる対話であり、美術を通し心の根と根が絡み合うような心地を共有することで、初めて生まれる尊重と依存の関係であった。速水は矢谷を芸術家として尊敬しており、それは彼の持つ哲学的思考形態に、自身の哲学すら委ねるような依存性をも孕《はら》んでいた。実際矢谷も速水に対して、それと類似した友情を感じていた。だからこそ絵を描いている最中でも会話を許し、速水との会話を、まるで自問自答のような、作品の制作を後押しする力だと考えてもいた。

「珍しいですね。部長は抽象画が好みだと思ってましたよ」

「好みと描くことは別だよ。それにカレンダーは抽象的な幻想だろ。日付だとか、時間だとか、そんなものは人間の感覚を仮に可視化しているに過ぎない」

速水はふと北条を思い出した。彼の無関心は、観念が肉体にまで作用した結果の賜物《たまもの》だと考えていたが、もしかしたら肉体が肉体に、観念が観念に、それぞれが無関心を有しており、それらを無理矢理結びつけたのは自分の自意識だったのかもしれないと速水は思い当たった。この辺りにも速水の恋は予見されるが、彼は内省的でありながら本質的な自己や自我に疎《うと》く、この発見にもただの発見としての価値しか与えなかった。

「なるほど。部長らしい考えだ」

呟きながら、速水の視線は壁のカレンダーに移された。カレンダーの特異性のみを観測しようとする速水は、つまらないカレンダーの数字の羅列に抽象性を見出し、それを鉛筆で描き起こすというある種の世界の再構築を目論《もくろ》む矢谷の姿に、芸術家としての才気の漲《みなぎ》りを感じた。

「でも平凡でつまらんな。気晴らしにしても、デッサンの練習にすらならないね」

呟いた矢谷は鉛筆を置き、窓辺まで移動した。佇みながらの視線は窓の向こうの景色を見渡していた。不安気《ふあんげ》な空の茜色《あかねいろ》を雲が二片三片に砕《くだ》きながらも、その色彩の緻密さは四月のグラウンドに遍満《へんまん》してのしかかっていた。陸上部の「ファイト」という掛け声や、サッカー部のゲーム中に飛び交う罵声がその緻密に罅《ひび》を入れた。その罅は反作用的に美を意識させるものではなく、傷としての意味しか持たない罅だった。

「人が人を殺そうと思い立つ時って、どんな時だと思う?」

矢谷のこのような突拍子もない質問に、速水は慣れていた。だから「恨みとか憎しみとか……」ととりあえずで答えてみた。するとすぐに「違う」と返答がきた。速水はここまでの問答は予期していた。

「人の本質はないものねだりだ」

怪訝な顔をした速水の方へ振り向かず、矢谷は続けた。

「健全に支柱に沿って育った植物は、支柱を離れ、その葉叢《はむら》を無闇かつ淫《みだ》らに茂らせたくなる。倫理や道徳は、人の健全に対する反抗を育て、その結果人は自《みず》らにないものである不健全、苦悶やら絶望やら血飛沫《ちしぶき》やらをねだり、戦争映画と犯罪小説を嗜《たしな》む。脆弱《ぜいじゃく》を忌避《きひ》するあまり粗雑に憧れ、善を全うするために悪を厭《いと》わない。つまり、人が人を愛するなら、時として愛を愛と呼ぶために人を殺せる。人を愛せる人間は、同時に人を殺せる人間だ。今手の中にある大切を護るため、ないものをねだるんだ。だからこそ、人は不幸を望む。愛ゆえの残酷が可能なら、残酷ゆえに愛が可能になる。論理がすりかわる。不幸を学び、絶叫を学び、後悔を学んでこそ、心は温和になる。人が人を殺そうと思う瞬間は、殺人や放火のニュースで殺伐と残虐を仕入れた時でも、耐えがたい屈辱や恥辱に憤慨する時でもなく、昼下がりのコーヒーブレイクや、晴朗な日に公園のベンチでぬるい風に吹かれながらふと視線を向けた先の欠伸《あくび》をする野良猫を眺めた時だ」

矢谷のこういう思想とも呼べない荒唐無稽な思想は、おそらく彼の好む系統の文学や音楽の誇張であるが、速水はそれを一笑に付すことはできなかった。暮れる空に誘われる雲のように、横顔から表情ははっきりと窺《うかが》えなかったから、速水は矢谷の背中を眺めた。十七歳の、青年と少年の、成熟と未成熟の狭間にある背中。己には決して翼が生えないことを悟った背中。美大受験を控え、現実と不可能の間に広がる茫漠《ぼうばく》たる河川が日に日にその川幅を増し、もう泳ぎきれないと悟りながら、そこに何の憂いも持たない背中。不可能を自覚しながら足掻《あ》くことも藻掻《もが》くこともせず、ただ己の方法だけで生きるその諦観《ていかん》を、敬愛をもって眺めた。「愛もないものねだりだ。どれだけ人が寄り添おうとも、どれだけ触れ合い、傷痕《きずあと》を舐め合おうとも、人は他者の痛みと傷の苦悩を知ることはできない。自身が感じえなかった痛みを感じることはない。ゆえに自傷を追求する。人に噛み付いたのと同じ位置の自分の皮膚に、歯形をつけたくなること。それが共感と感動の正体だ」

「興味深い発見ですね」

速水が矢谷に抱く感情は憐憫《れんびん》ではなかった。尊敬と依存、それが二人の関係の全てであり、関係があっても緊張や対立が生まれないのは、極めて稀有《けう》なことだった。だからこそ矢谷の誇張がすぎる考えに、内心不分明であっても、仮に胸を打たれようとも、速水は淡白に返答した。それが最たる尊敬であり、依存のためには自己主張は邪魔だったのだ。その証拠に矢谷の持つ現実と自分の持つ現実が、決して交錯しないとしても受諾は辞さないという速水の姿勢は、矢谷の好感に繋《つな》がっていた。

速水は芸術家でありながら自身が美となることへの欲望を、心の中に澱《おり》として持っていた。速水が自己主張を邪険に思い、北条の無関心に強く惹かれるのは、美の探求者である以前に、美の体現者でありたいと願うからであった。芸術と芸術家の截然《せつぜん》たる境界を認めず、二つを混同する幻想の、確固とした愚かさに囚《とら》われていた。そのためか、自分について語るより、自分を取り巻く外界の美や創造した美について語る方が雄弁であり、その話になると饒舌《じょうぜつ》になった。自分と外界の事物の関係性を語ることは、自分の心の有様《ありさま》を語ることと等しいとは知らずに。

「でも、例外はいると思いますよ」

「例外？」

矢谷はやっと振り向いた。

「ええ。いるんですよ。ないものをねだらない人間。脆弱も粗雑も等しく愛さず、その眼差一つでいとも容易《たやす》く人を生かし、人を殺せる、無関心の、水晶みたいな人間が」

矢谷は速水の席へ近づくと、学生服越しにもその細さの判《わか》る痩《や》せた太腿《ふともも》と尻を机にのせ
「詳《くわ》しく聴かせて」と溢れる好奇心から笑ってみせた。

速水は数時間前のことを話し始めた。北条という男の持つ冷たい空気のこと、彼と話をしたこと、彼が自分の絵を認めてくれたこと、そして彼の肖像を描くことになったこと。記憶の中の北条は、時間的距離を隔てたというだけで、数時間前の実物の北条よりも美しく思えた。彼の仕草や、ちらと見える歯と唇の色彩関係は、間違いなく話していた瞬間より、記憶に保持されているものを再生する時の方が鮮烈だった。そのせいで速水の語気は熱を帯びたが、本人がそれに気がつく余裕はなかった。

話し終わると、矢谷は立ち上がり、古ぼけた木の椅子に掛けた速水を見下ろした。このとき矢谷は速水すら無自覚な彼の内情を悟った。恋をしているというその内情を。矢谷はその内情に共感を見出すことはなかった。矢谷には交際相手がいるが、それは必要性や好奇心、

ましてや恋が作用しているわけではなかった。彼は恋をせずに彼女をつくり、彼なりに愛していた。奇妙な話だが、矢谷はそれを何ら可笑《おか》しいとは思わず、速水もその事実を知っていた。そもそも必要のないものは、有無に拘《かか》わらずねだる必要がないという事実を。そして速水の凡庸さすら尊敬する矢谷は、思いの外《ほか》鈍感な彼を嘲《あざけ》るでもなく、彼の心を救うために美を語った。それが二人の為せる唯一の対話だったからだ。

「随分と美に秀でた男だな。生きることと陶酔することとを明確に区分できるとはね。僕らは普段主観と客観、主体と客体を分け隔てて考えたがるものだけど、その北条という男はそれらが相互に影響を及ぼし合う関係であるということ、認識と対象は離隔《りかく》できるものではないという現象学的事実を理性ではなく感性で認知している。ゆえに尊敬も軽蔑もせず生きられる。それが正当か有益かは扨措《さてお》き、こういう青年は凄《すご》く稀有だ。大切にするといい」

「ええ。近々部室に呼びますから、部長のことも紹介しますよ」

「いや、それはやめてくれ」

「どうしてです？」

矢谷は一息おいてから、

「君は芸術家とは何だと思う？」と訊いた。

逆質問の無礼に速水は眉を顰《ひそ》めたが、会話の流れをととのえるためだとすぐに判ったから

「認識する者のことです」と端的に答え、矢谷との間を浮遊する埃《ほこり》が落日に照らされるのを、見るともなく見つめながらに続けた。

「芸術家は美を創造しなければいけない。でも、今この世界に鎮座する美意識は、まるで俺の生まれるより先に一般化された、公明正大な、民衆の格率《かくりつ》のように思えてならないんです。芸術家以外の人は、美しいものを美しいと思う。逆説的にいうならば、美しいものしか美しいと思えない。誰も、ゴキブリの艶のある触角が、部屋の室内灯の紐《ひも》のように右往左往することに、美しさを感じたりしない。光沢を孕んだ赤黒い背中から放埓《ほうらつ》に伸びる翅《はね》に、自我を預けて壁から壁へ飛んだりしない。

花や鳥、弧《こ》を描く月光と、その濃淡を浮かす風。それらにのみ美が約束されるなら、美は表面的なものでしかなくて、いとも容易く煤《すす》けてしまう。俺は一般論に美なんて認めたくないんです。美はもっと、人を魅惑し、俺と他人の情緒をぐちゃぐちゃの滅茶苦茶にして、人生全てを唾棄させるような暴力性と、その名残《なごり》である静謐がなきゃダメだ。

なら、美を創造するとは何か。それが認識なんです。ゴキブリに潜む美しさ。カレンダーの抽象性。海が包んだ官能。埃に宿る太陽の焔《ほのお》。それらを明察し世界に顕現させる力こそ、認識の力なんです。だが認識し、隠された美を世界へと浮かび上がらせれば、即《すなわ》ち世界の大気に晒されることになりますから、暴いた美はすぐに腐ってしまう。だからこそ創造し続け、認識し続けることが、芸術家の営為《えいい》なんです。さっき、部長が話してくれた「ないものねだり」もそうです。陸上部やサッカー部の声援は、残虐から遠く離れて思えるけれど、実際は残虐性が肉体の内側の深い深いところで鳴りを潜めているだけだ。平和に生きる俺たちに、絶えず世界の大気を味わって腐るのを待つだけの俺たちにとって、何かを思考する理性や、感情がある以上、残酷は宿痾《しゅくあ》のようなもので、決して消失しないんです。人間が抱く破滅的な願望、あの悪意こそ、最も美的な魔力のはずでしょ。

だからこそ、己か外界かの醜さと相対《あいたい》した時、人のするべきことは疑うことです。美しさが存在していないのではなく、もしかしたら自分が美しさを見つけられていないだけなのでは、と。その美しさと自分が、何らかの要因で隔絶されているのではないか、と。疑うことです。その疑念こそが認識の第一歩です。つまり、美しいものを美しいと思ったり、表現したりすることは、そう難しくない。難しいのは、目を背けたくなるような醜悪、人間の、浅ましく愚鈍《ぐどん》な本性と向き合いながら、美しさを創造すること。自分の創造した美しさと自分の重さが、等しくなったとき、それらが等価値になったときに初めて、人は「美しい」を理解できるはずだ。認識し、創造し、あげく同化して自身すら芸術となることが、芸術家の本懐《ほんかい》であり大成《たいせい》だと俺は思います」

「うん。僕も芸術家の在り方としては全面的に共感するよ。今の世の中は優れた生産者と芸術家の区別もつかない、無知蒙昧《むちもうまい》な馬鹿が多い」

矢谷が本心でそう言っていることを、一年ほどの付き合いから速水は感じ取った。

「だが美に於いての考えは別だ。美に於いては認識より行動の世界の方が優れている。芸術家と芸術は違う。美を創造するものが美しくある必要なんてない。そうだ、君の考えは美を必要としている。美しさとは必要によって生まれない。そこに材料はない。いつの間にか創造され、いつの間にか崩壊していることもある。自然と発生するものだ。密室殺人の遺体すら、放置すれば死臭と蛆《うじ》で満たされるように、誰が気づかずとも、存在しなくては不自然といった具合に、そこに存在する。魅惑ではなく、存在するもの。それが美だ。君にとっての北条の美は、発見ではなく観測だったはずだ」

「当然、そういう美もあります。ですが、どちらが優れているかというなら、ただ享受する美ではなく、自分の認識による力の注がれた美のほうだと思いたがるのが、芸術家の常ではないですか」

「人間臭くて好きだよ。そういうとこ」

その発言に速水はやや顰蹙《ひんしゅく》した。矢谷は本質を突き詰めることで、容易に不用意な無礼を働くことがあった。

長い時間話していたので、既に夕日は沈んでしまった。暗い室内で運動部の掛け声もきこえなくなり、施錠時間を知らせる放送が静寂に響いた。矢谷はイーゼルや鉛筆を片付けながら話し始めた。

「認識により醜悪さに美を見る。このときの認識は、何に似ていると思う？」

「……さあ。見当もつきません」

「認識は殺すことと似ている。犬を両断すれば、それはもはや犬ではない。かつて犬と呼ばれた二つの肉塊《にくかい》だ。認識とは、とどのつまりそういうことで、例えば花が咲いたとして、その花はいつか枯れるだろう。だが花を殺せばその「いつか」は永遠に来なくなる。花はその花弁を一生涯君の記憶の中に保持させ、嫋《たお》やかな香りをもって蝶を誘い続けるだろう。何かを久遠にすること。そっちのほうが実存的で、価値があるふうに思えるね。人も同じだ。自分と他人、自然と意志、美と醜悪。それらの限りない有限の中に、人は久遠を夢見る。いずれ散る花を記憶に留めるように。

　無限に連続する世界の事態、渾然一体となり混沌としていた世界の事物、美醜も善悪も、まあ自然に善悪があるかは疑わしいが、とにもかくにも様々な概念を内包していた現実世界が、認識を通した瞬間に認識者の型に嵌《はま》ってしまう。犬も認識者の裁量で肉塊になる。あらゆる事象を分節化し概念に陥れることで、可能性、距離、情緒を殺すこと。それが認識であり、そうやって認識し、殺し、滅ぼすことでのみ、君は美を美たらしめると考えているだろう。

　確かに正しい。だがそれは芸術家の在り方であり、美の在り方ではない。もちろん芸術家が美しいとも限らないがね。美も醜悪も、君が発見、創造するより前に、既にこの世界に遍在していたんだ。態々《わざわざ》見つけるまでもなく、そしてその発見や創造すら、ただそこに在るだけだ。美しさに礼拝はあっても創造はない。

　花は枯れる。君が認識で殺せば花は永遠にその花弁を留める。永遠というものは死の特権だと思うだろう。生で為されたことは、死によって美化されるとも。だが事実花は枯れる。君の認識の外、現実の世界に於いて花は枯れ続ける。そこに永遠はないから。そこに新たな未知、見つけるべき美はないから。だが枯れれば種子となり、種子となれば芽吹き、また花となる。永遠のなかった認識の外に、確かに久遠な連続がある。永遠を認識の特権と考えてはいけないよ。限りない有限、終わりある永遠、それが世界だ。渾然一体こそが美の始点でも終点でもある。一つの円のように、この世はどこで始まるでもなく始まり、どこで途切れるでもなく途切れる。その不如意《ふにょい》、不可能、無常こそが世界であり、世界そのものといえる混沌に眩《くるめ》く存在、あるいは混沌そのものの存在こそが美なんだ。

　混沌という名の世界に、終焉か永遠か、一つの側面のみを見るのが認識で、全てを統合し終焉と永遠を堪能することが行動だ。醜さに美を創造し、もとの醜さを尊《とうと》んだつもりになるがゆえに真の醜さを捉えないのが認識で、醜さと美を一つの世界、観念と現実に区別せずに一体化できるのが行動。死と生を照らし合わせ、その色彩に感嘆するのが認識。生きながら死に、死にながら生きる、生と死のマーブル模様が行動。君がいう魅惑による破滅。謂《い》わば滅びの美学とは、生の中に死を夢想するのではなく、生と死の共同の生活様式を嗜むことだ。行動とは両価的な可能性に満ちていて、どちらに決定されるかは行動が為されるまで判断できない。だが認識は他方の価値を決めつけるのみで終わってしまう。

わかったろ。美に於いて、認識より行動のほうが優《まさ》っていると」

矢谷がそう言い終わった途端、部室の扉がけたたましい音と共に開かれた。その先にはジャージを着た小太りの男が佇んでいた。

「もう施錠時間だぞ。早く帰れ」

「すみません。すぐに」

矢谷は笑顔を取り繕《つくろ》って努めて朗らかに返答した。帰りの支度をしながら、速水は矢谷に質問した。

「でも、どうして北条と会いたくないんです？」

「芸術家は認識に生きるから、自身の夢想は大切にするべきだろ。生活のための必要から設《しつら》えた夢想ではなく、ただ夢想のための夢想を。君から聞いた話だけで結んだ、僕の北条の像は、実物の美しさと対立した時に簡単に瓦解してしまうかもしれない。認識と行動の対立関係の優劣がはっきりすることは、避けなきゃいけないからね」

何もかもを馬鹿馬鹿しく思いながら、その馬鹿馬鹿しさを劇画を眺めるかのように楽しむ矢谷の瞳に、仄《ほの》かな光と闇がよぎった。


学校から最寄り駅までの徒歩十五分ほどの道程は、無意義な考えごとをするのに適していた。春の夜気《やき》の中を行き交う車のヘッドライトが貫く大通りを抜けたその道からは、車の走行音や信号の音響が遠くに聞こえた。その静寂さと、街灯から街灯への点々とした灯《ひ》とが、速水が思考に没頭するのを後押しした。

俺の芸術家の定義を認めながらも、それに真っ向から対立する部長のアンビバレンスともいえる美の観念は、はたして真実なのだろうか。語るべき美しさなんてものが、この世にどれほど残されているだろうか。仮に美も醜悪もこの世に既に顕現しているなら、芸術家の意義なんてあるのだろうか。

例えばそこの街灯に群がる羽虫。あの灯《あか》りを濁す生命が既に美しくも醜くもあるなら、それを観測したときに生まれる快も不快も、羽虫が存在したときに確定されることになる。そこに想像の立ち入る余地はなく、美しいから美しい、醜いから醜いと、それを見た人間の心の浮き沈みが羽虫の存在により決定される。美とはそんな一方的な依存ではなく共依存のはずだ。物体が存在しなくては美は成り立たないが、それと同時に、芸術家にとっての物体の存在意義こそ美であるはずだ。そんな共依存こそが、美の本質だ。美の生殺与奪《せいさつよだつ》の権は常に、その担い手である芸術家になくてはいけない。いつでも美を瓦解できる、いつでも美と死を共にできる。それこそ滅びの美学ではないのか。部長は確かに天才だ。あの人の哲学は俺を魅了し、俺はそれを肯《がえ》んじてきたが、美に於いては別だ。俺は今まで創作し、芸術を深めてきた。芸術に生きてきたのだから、芸術的に死ぬことも夢想した。その生死は常に美と共にある。だからこそ美を明け渡すことは、自分の心臓を握らせるようなもので、いくら尊敬する部長であってもそれを許してはいけない。許すことは、今までの芸術家としての自負と功名心への冒瀆《ぼうとく》だ。

冒瀆。その言葉を反芻《はんすう》する。ふと浮かんだ北条の顔が、なぜだか脳裏から抜け落ちない。そうか。あの男の魅力、あの無関心、あの微笑には、常に冒瀆が隠れていたのか。発見し、認識し、創造するまでもない、未知ではない美しさ。俺が唯一認める、芸術家の手を逸脱した究極の既存の美しさ。北条の存在そのものが、俺の芸術への冒瀆だった。ならどうして、俺がその冒瀆を忌避しながら、冒瀆そのものである彼に惹かれたのか。彼の肖像を描こうと思い立ったのか。

ないものねだり。夢想のための夢想。

そうか。ここにきてやっと真意が理解できた。やはり部長は天才だ。俺は滅びを望んでいた。才能、努力、哲学、自負、虚栄心。芸術家としての新たな境地に至るために、俺に足りていないのは滅びだけだ。滅びの美学を身を以《もっ》て体感することで、初めて美の体現が叶う。仮に俺が描いた彼の肖像画が彼より劣る美しさしか持ちえないのなら、俺は芸術家として滅んだことになる。今まで信じた芸術の矜持《きょうじ》は、あっという間に紙屑になるのだ。完全なる美へ挑戦し、破滅することを厭わないのなら、部長の一見矛盾撞着《むじゅんどうちゃく》した考えにも頷《うなず》ける。

そしてこの挑戦に、おそらく俺は敗れるだろう。なぜなら滅びが予見されないことは即ち、俺の望みが達成されないことと同義であるからだ。だが、敗北を悟りながら筆を握る行為は、迷妄《めいもう》でも蛮勇でも頑迷でもない。部長が北条と会うことを避ける理由と同様だ。ないものねだりが人の本質たる理由は、多くの人は既存を嫌う性質があり、未知にこそ惹かれるという浪漫《ロマン》を持ちながら、既知がその領域を押し広げた結果、夢見た未知が圧殺される不如意に無自覚だからだ。学校生活から一人暮らしや都会の自由に憧れても、卒業し実際にその憧れに辿《たど》り着いたときには、既に呆然としているような感覚だ。頽廃《たいはい》や抑圧が人の精神に鋳を入れ、その鋳の曇《くもり》加減こそが翠玉《すいぎょく》の価値を高めるように人を照耀《しょうよう》させるのならば、頽廃や抑圧こそを愛するべきだ。会わないということ、破滅するということ、それこそが逢瀬《おうせ》の夢や存在の艶美《えんび》を唆《そそ》らせるのだ。燦然《さんぜん》たる白日より、薄暮でこそ目を凝《こ》らすような、豊満な果実を握り締めたときに感じる確かな抵抗のような、不可能がより可能を明媚《めいび》にするといった意匠《いしょう》である。

身体が震えた。春に残留する肌寒さのせいではなかった。

俺が北条を描ききった時、はたして何を思うだろう。北条の美しさはどちらに存在するのだろう。もしかしたら月が水面にその形姿《けいし》だけでなく月暈《げつうん》さえも反映させるように、美の併存が可能になるのかもしれない。もし俺の絵が北条の美を上回れば、それは俺の認識をより強め、俺を芸術家として飛躍させるはずだ。もし俺が芸術家としての矜持を崩壊させられたら、海に沈み溺《おぼ》れ死ぬような心持ちで、美への理解と敬愛を深めるはずだ。破滅に打ち勝とうと、破滅しようと、どちらに転んでも芸術家としての満足を得られる。この歓喜こそが完全なる美への挑戦なのだ。

ふと空を見上げた。速水には何気なく空を見上げる癖があった。そのとき初めて、今日が満月だと知った。黄金の真円が闇夜にあけた空洞に、どれほどの瞳が魅惑され、空しさと悲哀に潰されそうになったのか多少興味を持ったが、新月や無月のほうが美しいのになと思ったため、再び前を向いて駅へと歩を進めた。

三

北条を美術室へ案内したのは、あの約束を取りつけてから二週間が経過した頃だった。速水としてはすぐに取り掛かりたかったが、焦《じ》らしたのは北条だった。彼にその意図はないように見受けられたが、どこの部活にも所属していない彼がのらりくらりと速水の誘いを断る様は、傍《はた》からは迂遠《うえん》に物事を回避しているように見えただろう。速水自身その理由について気がかりではあった。しかし北条の態度、というよりあの恬淡《てんたん》な気配が、速水の余計な詮索《せんさく》を拒んだ。北条は断り続けたことに深い意味を持っておらず、そのことに速水が多少でも傷ついたと想像を働かせることもなかった。ただ気乗りしないから。理由はその程度だった。今日、速水の後ろを歩きながら美術室へ向かった理由を訊かれたら、特筆すべき心情の変化でも散々断った後ろめたさでもなくて、そういう気分だったから、と北条は答えただろう。

「久しぶりだ、ここ」

部室内の空気に北条は開口した。二年次には美術の履修はなく、春休みを挟んだこともあり、北条は美術室を懐かしがった。室内を見渡す眼球の動きの精密さと、ころころと光を湛《たた》えては逸《そ》れてゆく瞳孔を、速水はしげしげと見つめた。顔が清らかな端整さを持つことは言うまでもないが、眼球そのものが美しい人間は、どんな芸能人を思い浮かべても北条の他にいなかった。何かを見ているようで、その実何一つ興味のない瞳は、簡単に人を吸い込み釘《くぎ》付《づ》けにした。長くも柔和な印象を与える睫《まつげ》毛が二回三回瞬《またた》いてから、北条は速水のほうを流し見た。

「で、どうすればいい？」

「ああ。そこに腰掛けてくれ」

適当な椅子と机のほうを指差すと同時に、速水は室内に山中春美がいることに気がついた。部長の矢谷には事前に連絡をしていたから、不在の確認はとれていたが、山中については眼中になかった。速水はこの女に好印象を抱いてはいなかった。仲は悪くない、というより山中が一方的に馴れ馴れしく、速水は鬱《うっ》陶《とう》しく思いながらも受け入れていた。山中は素朴だが深みのある風情を湛えた顔だちだった。背もすらりと高く、豊麗な肉体と背中まで伸びた髪が微妙な調和を生んでいた。平たく言って美人だが、速水が気に食わないのは、その精神のほうである。幼くも奥ゆかしい顔つきとは裏腹に、彼女はとにかくあらゆるものに興味と関心を移す性分《しょうぶん》で、空を眺めた時には晴雨だろうが朝夕だろうが、概して「空」として愛していた。そういった特殊性を排除した審美観は速水としては首肯できず、彼女の鵞《が》鳥《ちょう》のような陋劣《ろうれつ》な笑い声が聞こえると、それでも美術を嗜む者かと無意に恥じらいを覚えた。彼女はよく笑った。嫌悪し眉を顰《ひそ》めることでしか浮き彫りにならない世界と、彼女はまるで無縁に生きていた。そのせいか、興味は常に現世の瞬間瞬間に存在し、夢想よりも事物を愛していた。もし地震が起これば真っ先に「地震だ」と叫び、停電が起これば「やだ、停電」と呟く程度の文学性で、安易に言葉を浪費するような女だった。速水は山中に、階段を一段とばしで駆け上がるような品性のなさを感じていたのである。

北条は椅子に掛け「どんなポーズがいい？」と微笑しながらきいた。北条の無他《むた》の微笑と、山中の無意味で野卑《やひ》な笑顔とは、その芸術性に歴然とした差異があった。速水は北条の微笑の最中に強烈に白い歯列を思い返しつつ、唇の繊細さばかりを注視していた。

「ひとまず、そのまま座ってて」

画材を用意し、遂に念願の肖像画へと着手する。山中の存在は気にならなかった。彼女は喧《やかま》しい時は喧しいが、彼女なりに美術に向き合うときの、普段とは裏腹な妙な神経質さにより、寡黙になっていることを信用した。

手法は油彩画と決めていた。下絵を描くために木炭を握ったまま、構図を思案しつつ、北条の姿態《したい》を改めて入念かつ精緻に観察した。

北条は美しい姿勢で着席していた。座りながらも優れた彫刻の尊大さすら感じさせ、その実一人の少年としての物憂げさでこの空間そのものすら掌握していた。上履きはまるで汚れておらず、その潔白に包まれたこれまた白色の靴下と、連なる引き締まった脚は、彼の面差しとは異なる雄邁《ゆうまい》さを感じさせた。学生服の黒色に、整った丸い輪郭を与える太腿に置かれた、病的なまでに白く、生命を削ぎ落として残りうる美しさを肌の真下に忍ばせる手は、なだらかな肩と優美な曲線を感じさせる腕によって、繊細でなめらかな胸板と、ひきしまった骨格を持つ胴から続いていた。目鼻立ちの、運命に苛《さいな》まれているような美貌は思わず息を呑むほどで、傑出した細長い眉、翳《かげ》りのある眼差、優雅な鼻梁《びりょう》、玲瓏《れいろう》たる唇、薄い頬、形の良い耳と造形美の到達点ともいえる輪郭は、閑暇《かんか》を持て余す屹然《きつぜん》とした咽仏《のどぼとけ》を含む勇壮な頸《くび》に支えられ、端整でありながら精悍であり、その微妙な凜々しさが、陶酔を超えた先にある官能的な印象すら与えた。

まさに完全なる美。この美の前ではありとあらゆる事物や人間が、ひれ伏し、その美しさに懇願する他にないという絶対服従を強いるような美。それは絶望に近かった。自分が予期していた壁が、こんなにも厚く高く困難なものであり、圧倒的な美は人に無力感を授けるのだと思い知った。

ただ眺めるだけで三十分が経過し、速水はまるで描けなかった。それは外面に於ける畏怖の念すら生じうる恐るべき美しさのせいでもあったが、最たる原因は一つだった。速水は途端に北条に人生を擲《なげう》つほどの美しさを感じなくなったからだ。あれほど夢想し、はぐらかされ、二週間も待ち焦がれた結果辿り着いたこの瞬間に、それは満足と同時に燃え尽きてしまったのか？　それとも確実な観察を積み重ねることで、未知の美しさは詳《つまび》らかにされ、紐解かれた謎に興醒《きょうざ》めしたのか？　違う。速水が北条を観察し続けても、そこにあるのは外面の美だけであり、初対面の時のような、内面の反映、美徳も悪徳も血液のように身体中を循環するあの凄《すさ》まじい様態《ようたい》を見出せなくなっていた。北条の美しさは外観だけのはずがないのだ。海の美しさは、決して青さだけではなく、震撼《しんかん》する暗闇もその美しさのはずだ。

ならば何故そう思ったのか。理由はすぐに判明した。北条の美しさは外観だけではなく、無関心そのもの。彼の心の有様こそが、速水が描くべき敵であり、今立ち向かいたい完全なる美である。誰かに肖像画を描かれるなどという経験は、会話の端々《はしばし》から北条にとって初めてのことと推察できる。ゆえに北条は一抹《いちまつ》の関心を向けた。それは速水に対してでもあるが、どこに向けられるでもない関心だった。「自分は今、人に観察されている」という関心だ。自他に無頓着な北条は、観察されることを以て初めて自他の距離を知り、あまつさえその距離を計測しようと考えていた。それが致命的だった。芸術の距離を定めるのは、芸術家、もしくは鑑賞家の仕事だ。芸術そのもの、美そのものが定めていい距離など存在しない。

だが北条に非はない。彼はただ速水の命《めい》に従ったまでである。問題は速水が観察をしてしまったことである。そのことを速水は自覚していた。観察が犀利であればあるほどに、美は見る間に埋没した。かといって美を創造する認識を怠《おこた》っては、この挑戦の意義は消え失せる。観察しなくては北条の肖像を描くことは叶わないが、観察をすれば無関心の美は喪失される。速水が無形な美を創造するとき、そこには有形なものの観察という前段階を要したのだ。見ることにより発見される美しさは、見られないことが前提となっていた。この難儀には速水の審美観も影響していた。彼は認識により美を創造することを、無意識に行えるほどに芸術の毒素に冒されていた。言い換えれば、彼は認識なしに芸術を見ることは叶わなかったのだ。認識により北条の未知が薄れるほど、無関心は緩《ゆる》やかに関心へと変貌を遂げ、北条が彼の認識の世界の住人になり、絶えず認識に汚染されるということは、もう彼の見たい北条は金輪《こんりん》際《ざい》見られないということである。新たな美の可能性へ躍進するための挑戦が認識から速水を脱却させる術《すべ》の一つだが、その挑戦こそが認識に苛まれるというジレンマ。それは永久に到達不可能なことであった。北条の無関心の水晶を覗けば覗くほど、自身の顔で水晶は曇ってしまう。速水が心の底から描きたいと望む北条の美は、速水が認識している以上顕現しないのだから、認識から脱却するもう一つの術は自殺に他ならない。速水が自殺して初めて、北条はありのままの無関心を取り戻し、陶酔や熱狂を麗しく唾棄する人間として闊歩するだろう。ちょうど一年前の、まだ名前しか知らなかった関係の頃のように。

だが、理解して尚《なお》、速水に自殺はできなかった。彼は自身の審美観の破綻が圧倒的な美により齎《もたら》されることは甘んじて受け入れられたが、自身の意志による自殺は、認識を放棄することと等しく、それは自己否定より苛烈な自己冒瀆だと考えた。もし速水が矢谷のような審美に生きる人間ならば、この絶対的な不可能こそを愛し、かつてないほどの美に絶頂したはずである。ましてや北条のように、行動を侮蔑しながら美も醜悪も同一平面上に捉えられる人間なら、これほどの板挟みに陥らなかっただろう。速水が認識に生きなければ、全て予定調和に進行しただろうが、それが叶うならば、この挑戦すら発想しえなかっただろう。彼が行動の領域に憧れ、自身も滅びによりそこに到達できるだろうという倨傲《きょごう》は、この瞬間に崩壊した。そのことはかえって、彼に新しい倨傲を与えた。美に於いて行動が認識より優れているという前提での挑戦が、かくも杜撰《ずさん》なものになったのだから、やはり認識のほうが優れているのではないか、という倨傲。やはり自分の審美観のほうが、正しかったのではなかろうか？　本来認識を必要としない美であるからこそ、北条は完全であるにも拘わらず、それを既知と認めながらも認識から脱却できない速水の芸術家としての在り方、それがこの倨傲を引き起こしていた。

「少し、トイレに行ってくる。楽な姿勢でいてくれて構わない」

「わかった」

席を外した風に装い、部室の扉から北条を垣間見た。それは先程の疑問の正否を確かめるためだった。垣間見るという行為も認識に含まれるが、この状態では、北条が速水に気づくことはありえないので、彼の無関心が速水の認識に毒されることはあっても、北条自身の認識（関心を向けられていると感じる心）に毒されることはないのだから、先刻より幾分、美はその姿態を艶めかしく乱れさせるだろう。

そしてこの時の速水は、自分は認識の外にいるとすら思った。北条の座り方や視線の動きが、自分が近くにいないというだけで、新たな美の変質をみせた。垣間見るという方法は有効だった。北条の美を決定づけるのは冷めきった官能であり、それは認識されることで形を得るが、形を得れば無形の美が損なわれるのだ。つまりこの状況、この現実世界では無形でありながら認識の世界では形を得てこそ観測が可能となる、二種の世界が混同するこの状況が芸術の感興《かんきょう》を生み出していた。

やはり認識だ、と速水は思った。この世には認識される者と認識する者の二種類の人間しかいない。かたや今にも死せる者で、かたやそれを看取《みと》る者。かたや永遠に離れ続ける航海者で、かたや陸の安寧《あんねい》から海を望む倦怠《けんたい》にまみれた民衆。だが、去りゆき、留められる者の美しさは、留める者により保全されるのだ。生きる者の醜さが、死にゆく者の美しさと気高《けだか》さを語る唯一である。速水は認識への信頼をより強めた。

だが同時に訝《いぶか》しくもあった。速水が自身の審美をなぞるほど、この状況はそこから間遠《まどお》に思えた。認識した世界は、絶対的な美の世界なのだから、雑多な現実世界と渾然一体となった第三の世界の産出は目的ではない。速水にとっての芸術とは、自身の持つ認識と、それを許さない外界との関係に生じる確かな対立と緊張により齎されていたのではないか？　先述した二つの世界が触れ合わないからこそ、美は美として聳《そび》えていたはずである。ともすれば今の状況は、認識を肯定しながら否定するようで、完全なる美への挑戦とは言いがたかった。なぜならそこに破滅はないからである。己の認識の破滅か、現実の世界に生きながら決して埃をかぶらない美の破滅か、完全なる美への挑戦はそのどちらかが結果として残るはずであるが、この状況は北条にとって速水が自殺者として扱われているだけで、速水の認識が破滅したわけではないのだ。

沈思黙考《ちんしもっこう》しながら眺めていると、速水は少し驚いた。北条が山中と会話をしていた。会話の端々から察するに、二人は同じ委員会らしかった。山中から積極的に話しかけ、北条は微妙な表情で応じていた。速水にとってそれは、我慢ならない行為でもなかった。山中がいくら会話しようと北条から強く歩み寄らないのなら、美が汚染されることはなく、生産性の皆無な会話からは何一つ混淆《こんこう》することはないからだ。新しいクラスのこと、二週間前の課題テストのこと、今描いている絵のこと。詳しい内容までは聞き取れなかったが、そのような話題だった。山中と会話をする北条は、無関心を喪失していないように映った。それを認めて部室へ入った。

「ごめん。おまたせ」

「お、帰ってきた」山中が言った。

その言葉に返すこともなく、再び腰掛けると肖像画に着手した。北条が山中との会話をとめ、こちらに向き直った。

「いや、そのままでいいよ」

怪訝そうな表情を浮かべる北条に「山中と会話を続けてていいから」とつけ加える。速水の意図を汲《く》み取ったわけではないが、二人は会話をし続けた。北条が注目を感じないまま、無関心を有したまま認識される方法はこれだけだった。摘《つ》む者に媚びる花などないように、北条が速水を認識することなどあってはいけなかった。花は万人へ等しく微笑《ほほえ》んでいるのに、自分だけが唯一、花に微笑みかけられていると思い上がるのは、花を摘む者の特性である。北条が山中と会話をしている最中は、会話し観察されながらも実存する無関心を精緻に描いた。それは先程眺めた姿と一切の差異はなかった。目の前の無形と、観念の有形とが確かな対立を持っている。山中と会話をしている姿、注目を認めない姿こそ、完全なる美への挑戦に必要不可欠であった。自分に描かれることには関心を向けてしまうが、山中との雑多な会話には心のどこかで軽蔑していて、それゆえに官能性を保ったまま無関心でいられるのだろう、と速水は北条に無遠慮な共感を覚えた。そういった自己の認識で相手の心情を推し量ることは、まさしく恋する者の弊害である。

「ねぇ。これどういう状況？」と山中は苦言を呈《てい》する。

「いいから。北条もこっちのほうが気が楽だろ？」

「うん。なんだかよくわからないけど」

「北条くんが言うなら、それでいいけど」

一歩間違えれば破滅するような状況で、そのことが速水の衝動となった。それから一時間ほど作業は順調に進みその日を終えた。山中と北条は帰路が途中まで同じらしく二人で帰っていった。一人になり、速水は歩き慣れた帰り道を辿った。

認識すれば無形の美しさは霞《かす》み、認識から外れればその光輝《こうき》を宿す。だが芸術家である以上、認識し続けなくてはいけない。その不可能を抜け出した先の世界、美と醜悪が混同する世界に速水は到達した。その世界は、まさしく行動の理屈だが、それを裏付けるのは認識に他ならない。そして今描いている絵は、認識により成立しながらも認識の反映ではない。速水には未《いま》だわからなかった。自分は認識を信用していることに間違いはないが、行動か認識か、はたしてどちらに芸術は微笑みかけるのか。その答えを得るために、この挑戦の継続を決意した。

四

描画は捗々《はかばか》しく進行した。速水にとっては出来栄え云々《うんぬん》よりは完成による心境の変化こそが正鵠《せいこく》ともいえたので、自分の最大限の情熱と技術を以て完成に至れれば自得に達する。速水は気が向いたときに来てくれればいいと伝えていたから、北条は本当にその通りにした。二週間まるきり来ないときもあれば、一週間に二度ほど訪れるときもあった。素《もと》より時間をかけての完成を目論んでいた速水にとっては、かえって都合が良かった。

その日も北条は美術室についてきた。北条の気まぐれが速水へ向けられるときは、彼は何一つ言わずに速水についてきた。部室に向かう間に速水は矢谷に連絡し、北条と矢谷が鉢合わせないように先回りした。一時間ほど描くと切りのよいところまで進捗《しんちょく》したので「じゃあ今日はこのくらいでいいかな」と呟いた。

「そう。それじゃあ帰るよ」

「えー。もう帰っちゃうの?」

山中が北条を眺めて名残惜しそうに言った。彼女の役目はもう済んでいた。最初のうちは山中と北条の会話により北条の無関心は存在を留めたが、今や観察に慣れた北条は注がれる視線を自覚してもその眼差の気怠さを保っていられた。そのため二人に会話をしてと命じることはなくなっていた。速水にとって山中は最早《もはや》邪魔者でしかなかったが、美術部の一員である以上放課後に部室にいることを責めることはできない。それに速水は自分の感情に蓋《ふた》をして、代わりに取り繕った感情のようなものと辻褄《つじつま》を合わせるように生きることを得意としたから、行動的な人間でも感情的な人間でもなかった。その為人《ひととなり》が純粋な怒気や歓喜を嫌《けん》厭《えん》する速水の悪癖の要因かもしれなかった。

「家帰ってご飯作らないとだから」

「えっ、北条くんって自分でご飯作るの？」

「休日と水曜日の夕飯だけね」

そう言い残し北条は帰り支度をし始めた。窓越しに見える五月の空気は、その埃っぽさを遍く漂わせていた。微《かす》かに暮れゆく空の暗色は寂寞《せきばく》として、グラウンドから聞こえる運動部の声々《こえごえ》さえもしめやかに感じられた。

「あとどれくらいで完成しそう？」

「次回から着彩。ここからが長いんだけど」

「そっか。また来るよ」

「ああ。また明日」

「山中さんも、またね」

「うん。ばいばーい」

北条が帰宅すると山中はすぐに自分の作品に取り組んだ。速水は山中の即物的な思考回路とそれをそのまま反映させる肉体性の粗雑に呆《あき》れたが、表面上は内情を微塵《みじん》も感じさせないよう振る舞った。彼は、何かにつけて衒学的《げんがくてき》であることの愚かさを弁《わきま》えていた。速水は北条にすら己の内面的な脆《もろ》さや世界の見え方などを吐露することはなかった。己の美意識や思想を語れるのはやはり矢谷だけだった。

しばらくの間、絵を描く音だけが窓の先の残映のように美術室に籠《こも》った。北条とまるで関係のない作品を描いていると、速水の心象《しんしょう》の北条はますます妖《あや》しく光彩を放った。そうするとあの肖像画に手をつけたくなるが、それでは意義は消失するため控えた。

「ねぇ速水、北条くんが料理するって知ってた？」

「いや初耳だけど。まあ意外ではないだろ」

「確かに。なんか雰囲気あるしね」

「雰囲気、ね」

「そういえばさ、どうして北条くんを描いているの？」

「どうしてって、それは――」

何故そう思い立ったのか本人にすら見当はつかなかったが、速水は途端に全てを語ってしまおうかと思った。己の美意識。北条の美しさの根幹。その対立。それらを語れば、この執着を恥じず夢中になることのみを崇高とする女に何かの変化が生じるかもしれない。理解者というのは空とよく似ていて、まるで共感できないほど遠く離れた清澄《せいちょう》な碧落《へきらく》の大気が、薄《うす》雲《ぐも》に惑わされた雨によって降り注ぎ地表に寄り添うようなもので、まったく予期せず縁遠いとすら考えた存在が己を理解する存在に成りうるのかもしれなかった。だが速水は語らなかった。彼は理解を望まなかった。それは芸術の価値を失落させる行為に他ならなかったからである。何かの意味や理由を模索することそのものの意味や理由など、速水はまるで存在しないと考えていた。このような芸術家を気取った傲慢《ごうまん》さと、感情的になることを恥と断ずる性分とが相まって、彼は友人にも多くを語らないことで威厳を保とうとしていた。

「さあ。なんでかな」

「あはは。自分でもわかんないんだ」

「まあ、そんなとこ」

山中の発言に観察能力の欠如を汲み取った速水は、打ち明けないでよかったと安堵《あんど》するとともに彼女の顔を眺めた。少し笑うと歪《ゆが》んで見えるが、概《おおむ》ね美しかった。特に眉はゆるやかな曲線を描いていて、笑顔だとより際立って見えた。顔はいいのにな、顔は、と速水が内心呟くと同時に「でも、そういうものよね」と山中は笑いながら言った。

速水と北条はクラスが同じこともあり、日を増すごとにその仲は深まった。授業が終われば数人の学友と会話に興じ、体育の時間で二人一組をつくることになると決まって一緒になった。速水は勉強が得意だったから中位の学力の北条に勉強を教えていた。最初は勉強会と称して北条の行きつけの喫茶店などに放課後入り浸っていたが、休日には映画（ほとんど速水の好みのもの）などに行くようにもなった。頻度としてはそう多くないが、北条にとって映画などの娯楽は新鮮であったから、北条が誘い速水が映画を決めるという体《てい》で映画館へ行くことが屢々《しばしば》あった。初対面の頃は恐懼《きょうく》にも値する美しさに関わることを憚《はばか》った速水であったが、一人の友人として北条と関わることとその美しさを掻き乱すこととは、全くの別物であると悟った。会話をいくら重ねても北条の美は健在で、ありとあらゆる情熱を蔑《さげす》む特有の空気感を喪失することはなかった。生にも死にも等しく幻想を抱かずに生きられる北条の人間性は、円滑な友人関係の形成とそれらよりも孤独のほうがより甘美であるという明断を下せる心模様の両立を可能にしていた。完全なる無意識で何の悪意もなくそのように振る舞える北条は、その不均衡《ふきんこう》により人を魅了し、その不均衡が不均衡であり続けることが速水の幸福でもあった。北条の精神状態は不定形であるということのみが定まっていた。かつて速水は北条を海に喩《たと》え、海には一滴の血液が滴ることすら許されないと考えていたが、血液のそれなりの重みによる落下が海を汚すのではなく、どれだけ青が赤と目合《まぐわ》おうとも海は不断に波の律動を止めることはないのだから、海が赤に染まりその性質を少しでも喪失する瞬間は、血液の存在を受諾したときであるといえるため、海を汚すのは海の巨大な意志そのものといえるのであった。他人が土足で踏み込もうと、どれほど深く沈み込もうと、無量の海水がそれを拒絶するのだ。この世のあらゆる事象や事物には善悪の分別がつけられるが、その分別をつけるものが人間である以上、最終的な善悪は人間の意志にこそ宿るといった具合に、北条が美しくあるかどうかは北条の無関心に依存している。あの絶対的で完全な無関心に。

速水が北条のこのような気まぐれな戯《たわむ》れの性格の内因らしいものを知ることになるのは、六月半ばの休日のことである。その日は映画を見に行き、その後に北条行きつけのいつもの喫茶店で感想を語り合っていた。ふと外へ目をやると、辺りは疾《しっ》雨《う》に覆われていた。にわか雨だろうと二人は思ったが、なかなか止むことはなく店内からでも雨の存在を音で感知できるほどだった。時刻は六時半を過ぎた頃だった。かなり長居《ながい》してしまっていた。

「八時には止むみたい」

北条は携帯で天気予報を見ていた。速水は喫茶店から駅までの所要時間を概算し、濡れて電車に乗るか、コンビニで傘を買うか、どちらが屈辱的ではないかを思案していた。結局傘を買おうと決意し立ち上がろうとしたとき、北条は何の抑揚もなしに言った。

「家に来るか？」

思索の範疇《はんちゅう》外にあったことに速水は驚いていた。だが例によって平静を装いながら、努めて抑揚なく返答した。

「家って、ここから近いのか？」

「ああ。一分くらい。傘くらい貸すよ」

「ならお言葉に甘えて」

自分の動揺を悟られないかと気を揉《も》んだ速水は、無関心ゆえに客観的観点を常に所持している北条の無敵の観察眼から逃れようと立ち上がった。手早く会計を済ませ、退店した。窓越しに眺めたときよりも強く思える雨は、絶えず地に打ちつけて一色にアスファルトを染めていた。斑《まだら》が重なり合ったその黒色に、数個の水溜りと波紋が顫動《せんどう》していた。色とりどりの傘をさした人々や傘もなく小走りで急ぐ人々が右往左往する歩道を前に、二人は無言で立ち止まった。一寸先の雨や人々と空気を共有しながら二人は隔たっていた。その空間を北条が歩き出すことで破り、それにより速水は沈黙を破った。

「走らないのか？」

「ああ」

北条は雨との付き合い方を熟知していた。傘や合羽《かっぱ》を持ちえない人間が雨晒《あまざら》しとなったとき、どれだけ走ろうと結局は濡れてしまうのだから、端《はな》から濡れるものだと考え厭わないほうが気高く思えた。

速水は短い時間だが雨の静寂を走ることなくただ無言で歩くという状況に、生から観測した死とよく似た蠱惑《こわく》を感じていた。彼には、この雨音さえ賛美歌に思えた。北条の生活の実態、無関心の棲家《すみか》を知りたいわけではない、と彼は内省していた。だがそれは誤りだった。彼は既知を広幅《ひろはば》化させる行為を美しさに肖《あやか》って肯定することに、もはや何の疑問も持たなかった。生きる理由がないからこそ人は生きられると信じながら、この世の多くの人と伍《ご》して生きる理由を何処かで探していた。その行為に意味も理由もないと悟りながら、無自覚に意味や理由を探してしまう矛盾撞着こそが生きるということだと薄々感づいてはいたが、安易に答えを出さない倨傲と自分すら騙す器用な装いで、知りたくないと思いながらに知ることを叶えていた。それは滅びを予期しながら滅びへ対抗するあの不可能、完全なる美への挑戦の根幹を成す心理だった。

「着いた」

濡れた前髪が閑雅《かんが》な白い額につくことを気にせず、北条は雨夜に微笑んだ。

それは木造の日本家屋だった。雄大な瓦屋根は雨のせいか暗黒に煌《きら》めき、その冷たくも強く厳《いか》めしい外観は数多《あまた》の木材に支えられていた。軒《のき》からは絶えず雫《しずく》が流れ落ち、その水流と軒の暗がりとが室内から浮かぶ薄明かりに揺らめいていた。外壁も見事なもので、白壁の峻《しゅん》厳《げん》と木材の寧静《ねいせい》とが微妙な調和を育んだ。そういった家屋そのものの森厳《しんげん》さは、内部の生活の清閑《せいかん》さを示していた。広壮《こうそう》な建築と内包された生活の歴史と潔白さは、まさしく美の棲家として相応しかった。

「いい家だろ。じいちゃんのでな」

家に見惚《みと》れるあまり、北条が既に傘を持ってきていたことに気がつかなかった。呆気《あっけ》にとられていると、石畳の先のこれまた整った格子戸が開いた。

「お帰り。あら、お友達？」

祖母と思しき人物が柔和な笑顔を浮かべながら、玄関の仄かな明かりに包まれていた。北条は「うん」と短く返すだけだった。

「はじめまして。速水圭一といいます」

「こんばんは。そんなとこいたら寒いでしょう。ささ、こっちおいで」

「いえいえ。今から帰るところですから」

「でも、そんなに濡れて」

「上がってけよ。夕飯でも食べれば雨も止んでる頃合いだろ」

「でも、突然お邪魔して夕飯までご馳走になるのは」

「いいんだよ。俺とばあちゃんの二人暮らしだから」

一瞬、雨水が背中を伝《つた》ったのかと錯覚した。北条はそんな速水の様子に気づくこともなく、一足先に玄関へ入った。誘われる眼差に何も返せず、速水はその後を追った。

北条の祖母はタオルを二人に渡すと、速水に北条との関係をきいた。学校ではどんな感じなのか、北条と仲良くできているのか等だ。速水は髪を拭きながら受け答えし、思いの外西洋的な内装をまじまじと眺めていた。その視線に気づいた北条が「数年前リフォームしたんだ」と説明した。それでも何処か閑散とした空気感が漂い、安らかさとその影のような荒涼とがこの空間には揺曳《ようえい》していた。速水はその空間がひどく気に入った。

両親に夕飯は不要という旨の連絡をした。北条が夕飯の支度をする間、速水は北条の祖母と会話をした。話題は基本的に北条と速水のことで、祖母からの質問は絶え間なく続いた。どうやら北条は家族にすら自分自身のことを多く語らないらしかった。途中で風呂を勧められたが、流石に憚って断った。北条の祖母は老いてこそいたが、過去の端整な面差《おもざし》を想起させ充分に美しかった。だがその優美は北条のそれとは異なっていて、速水は北条の美の原因が血縁的ではない何かだと悟った。

北条が作ってくれたのはナポリタンだった。誰かの記憶の中を再現したような所謂《いわゆる》普通のナポリタンで、家庭的な味で美味しかった。食べ終わると時計は八時手前を示していた。食器の片付けを手伝い帰ろうとした矢先、畳部屋の仏壇が目に止まった。そこには若い女性と男性、五、六歳前後と思しき男子と老年の男の写真があった。

「両親と弟は俺が七歳のときに水難事故で死んだ。じいちゃんは四年前に肺癌《はいがん》で」

速水は暫《しばら》く黙っていた。同情でも哀悼でもない何かが胸の中を渦巻いていた。それは落胆に近かった。今まで説明されなかった北条の美の根幹がわかった気がしたからである。それは、家族の死という悲惨な過去に裏打ちされていた。だが胸中に抱いた感情は、理由づけされることによる虚しさだけではなかった。何か深い感情が沈黙を保たせていた。そしてこの沈黙を言葉にするために、今ここに居るのだと確信した。

「線香、あげてもいいか」

「ああ」

速水は仏壇の前に正座した。マッチを擦《す》り、蠟燭《ろうそく》に火を揺らめかせた。線香の一端に火をつけると、先端は火を帯びた黒色となった。手で扇《あお》いで火を消すと、薄い煙とともに灰色の先端が現出した。香炉に立て、りんを鳴らし、合掌して目を瞑《つむ》る。暫くして目を開く。振り返り、立ち上がると同時に、北条の祖母が語った。

「家族四人で海水浴に行った日のことでね。四人みんなで波に攫《さら》われて、周りの人とか救急隊員が助けてくれたおかげで、奇跡的に司は生き残って」

速水はまたも黙っていた。それは先程のように言葉を紡《つむ》ぐ時間を要したのではなく、語る祖母の奥に佇立《ちょりつ》する北条の眼差が、己と家族の生死の話をされながらも決して悲哀も詠嘆も浮かべずに、毅然《きぜん》といつものあの眼差を保っていたからだった。戦慄だったか畏敬だったか、とにもかくにもこの北条の眼差が、記憶や夢想の中のどの北条よりも美しかった。

「雨も止んだみたいだし、帰るよ」何かを誤魔化すように速水は言った。

「気をつけて」

「ありがとね。速水くん」

「今日はお世話になりました」


濡れたアスファルトに雨の名残を感じながら、速水の脳内を占有するのは先刻の眼差だった。北条はずっと死と隣り合わせで生きてきた。約十年間、彼が家族を思い出すときには必ず死の臭いも伴った。それが彼の死生観を形成した。つまり北条は死すら生活の一部としたため、死に美徳も悪徳も感じない。生も死も恐れることがない。

雨で濡れることを厭わない北条の性質は、死を憂えない性質と同質だった。彼は無意識にこの精神を保っていた。それは生活の片隅に常に死を置物として飾る人間の精神であった。

このときの死は、世俗にとっての死のような生の欠落を埋めるものではなく、速水にとっての死のような、生の充実をより強固なものにするために設えられた死でもない。北条にとって生きることも死ぬことも大差がないのである。ゆえに北条は決して生に媚態《びたい》を呈することはない。安寧や幸福のためにのみ生を濫費《らんぴ》し、生き永《なが》らえることで世界の汚穢を一身に背負う生者ではない。生死に媚びる生き方や死に方のために、彼の世界は存在していなかった。

北条にとって死は生の投影のようなもので、生死に明確な差異はなかった。速水が理由なく生きることを是《ぜ》とするのならば、北条は理由なく死ぬことすら是としたであろう。それほどまで彼は死と近親だった。近親であり絶えず縺《もつ》れ合うからこそ、生と死を掛けた天秤《てんびん》は水平であり、多くの人が生から死を観測することしか叶わないのに対して、北条は同じ視界に生死を混合させられたのだ。それは死から生を観測することをも可能にしたが、生も死も常に存在している北条にとっては、決して生死のいずれかが甘美に思えることはなかった。北条は死の中に生の愉悦《ゆえつ》を、生の中に死の悲哀を見出せない。それを感受性の欠乏と揶揄《やゆ》することは容易いが、欠乏が欠乏のままで美徳となることは何ら不思議ではなかった。つまり彼は生きることにも、死ぬことにも、興味がなかった。その倦怠こそが無関心の結晶だったのだ。

　サバイバーズギルトによる希死《きし》念慮《ねんりょ》などとは異なっていた。北条にとって死とは宿命ではない。宿命とは絶えず苛まれるがゆえに、その苦悩からの解放を願わずにはいられず、宿命の成就《じょうじゅ》を我知らずに受諾してしまうものである。彼が死を宿命と断じているのなら、もっと死にたがるべきであった。死の臭いが部屋に充満しようとも、彼そのものの体臭は彼特有のものだった。彼は死にたいなどとは考えない。だが決して死を疎《うと》ましくも感じない。そこに恐怖も憧憬もない。人が死を恐れるのは、死の先にある永遠の孤独を恐れるためであるが、あらゆる客体に作用されない完全なる美を有する北条には、常に孤独の毒牙が忍び寄り、その存在を認知しつつも、毒牙のある生活に興じてみようと試みるような稚心《ちしん》がある。彼は容易く死と生活を合同できる。電車の網棚に荷物を置き忘れるかのように、北条は己の命を棄てられるだろう。それほどまで寄り添い続けた死は、死が持つ本来の側面を失い彼に愛着という安らぎだけを与え、安らぎそのものが北条本人に立ち代わることはなかった。悪人が花に水をやるような、善人が花を摘み取るような、死を前にすることで無意味で不真面目な戯れを行うようになったのだ。そして死と定住する行為が死に愛着を持たせ、そこに一抹の恐怖すらないのなら、いつ死んでもよいという心構えが、あるゆる関心という束縛を断ち切り、日々の生活の煩《わずら》わしさや人間の不如意、この世の無常に憤ることなく悠長に生きることを可能にする。

これだけ死の翳《かげ》を落とそうとも、北条は死そのものではなかった。彼はあらゆる美醜の狭間にいた。海と陸とが絶えず侵《おか》し合う汀《みぎわ》であり、悪が善と融け合い飽和した溶液であり、死と生が不倫し合って受胎した子供であった。その狭間、触れることで毀《き》壊《かい》してしまいそうな脆弱さと、決して触れることの許されない神聖さの同居こそが北条そのものであった。彼は易々《やすやす》と多くの雑駁《ざっぱく》な人間と肩を並べ生きることもでき、孤独な思想家として死ぬことも許容していた。そして一方を選び取ることはなく、永遠ともいえる波の随《まにま》であり続けた。万事に惑わされないことが万事を惑わし、一貫した支離滅裂の危うさが、恒久的に破滅を夢想させたのである。だからこそ、北条の美は完全だった。

生と死とが共在する彼は、もしかしたら生も死もない空洞かもしれない。彼そのものに生死はなく、彼そのものに美醜はなく、彼そのものに善悪がないように思えるほど、気ままで無関心な戯れの精神性は、認識する主体に対して容易にその姿態を明け渡すように思われる。あの眼差が何も映さないとしたら、湛えた無関心はそれを見つめる者が瞳に宿った反映ではないだろうか。いや、それは過信である。多くの人が生を常態とし、その習慣を疎ましく思う性質から生を嫌悪し、死を特別視するのならば、生死が常態の北条はその習慣によって生死を拒絶し、拒絶し続けるという習慣すら嫌悪し受諾する。だからこそ、彼の無関心は他の誰でもない彼自身の受諾であり、拒絶であるはずなのだ。それを空洞と表現するのは吝《やぶさ》かではない。空洞そのものの実体を、空虚という本質を愛するのもまた人間の性《さが》である。つまり習慣も本質も等しく愛し、それらに同等の無自覚な侮蔑を与えられるのが北条だ。

速水にはわからなかった。ここまでの考察が、全くの見当外れである気も薄々していた。それほどまでに北条の無関心は、時折無関心に関心を向けられる者よりも、無関心そのものを覗き込む者を傾倒させた。無関心について考えれば考えるほど、その実体は遠のいてゆくようだった。そしてこの「理解できない」という不可能が、遠のいてゆく実体が、より夢想を夢想たらしめていった。

五

北条が来ないときは矢谷も部室にいたが、山中もいるため二人だけの会話をするのは憚られた。あの雨の日から数日経った頃、山中は用事があって帰宅したために、部室にいるのは矢谷と速水の二人だけだった。

「そういえば北条の肖像画はどう？」と矢谷が訊いた。

「順調です。もう着彩に入って、このままなら九月の頭には終わるかと」

「かなり時間をかけるんだね」

「ええ。北条の気まぐれもありますけど、あれは俺の人生で一番の芸術になりますから」

矢谷はその発言を大袈裟だと茶化さなかった。その様子を認めた速水はニコリと笑った。

速水がこのような何の飾り気もない笑顔を見せられるのは、矢谷だけだった。この男の前ならば、どれだけ恐ろしい秘密も、愧死《きし》してしまうほどの秘密も吐露できた。

「数日前、北条の家に行ったんです」

「ほう。やけに行動的じゃないか」

「成り行きですよ」

「それで、どうだった?」

速水は一拍置いた。

「凄いですよ、北条は。あいつはずっと美しいままでしょうね。俺が絵を完成させても、きっと」

「そう。それはよかった」

矢谷は淡白に答えたが、それが無興味から来るものではなく、納得から来るものだと速水は知っていた。だから一々反応を窺うことなく、心情を打ち明けられた。

「そういえば、予備校はどうですか? もう二年くらい通ってますよね」

「いい刺激になるよ。周りは皆上手だから」

「俺は美大受ける気ないんでわかりませんけど、ああいうとこの美術ってのはどうなんです。芸術なのか受験対策なのか」

「明確に二分はできないね。僕は受かるために描いてないし」

「じゃあどうして予備校に？」

「さあ。意味なんてないよ。絵を上手に描くことにも、美大に行くことにも。強く望んだわけでもないし、美術しかないわけでもない。それでも描いてる」

憂いも悪怯《わるび》れる様子もなく矢谷は言った。

「金払ってる親が聞いたら泣きますよ、それ。部長らしい考え方ですけど」

「部長、ね。もうすぐ引退だから速水とも会えなくなるかな」

「具体的にはいつ引退を？」

「まあ適当だろうな。この部活は顧問もほぼいないし、少し田舎で新入生自体少ないから、新入部員もいない。コンクールだって自分らでエントリーするくらいだし。絵もここより予備校のほうが捗《はかど》る」

「部活というより趣味ですよね」

「いい距離感だと思うよ。それに速水も山中さんも趣味に全力だ。予備校の人たちより美しい絵を描くことも少なくない」

「買い被《かぶ》りですよ」

「いや事実だ。美術なんてのは、好きなものを好きなように描けばいいんだ。良し悪しも善悪も他人が決めるけれど、自分の趣向だけは他律的ではないだろ。堂々としてて素敵だよ」

「部長は強い人だ。他人を顧《かえり》みないだけじゃなく、自分すら顧みない。俺は怖いだけです。頓珍漢《とんちんかん》な解釈とか的外れの批判とか、自分の込めた心が正確に届かないことが怖いんじゃない。ただそういう通俗的な絶望の連続で俺の趣向が変わってしまう気がする。それが怖い」

「君は臆病なくらいものを考えすぎる嫌いがある。それに」

矢谷は人差し指をピンと立てた。

「臆病なのは僕もだ。自分の力でどうにもならないことを考慮するのは、何だか疲れると割り切ってるだけだ。まあ事実、何処に立とうとそこが日陰か日向《ひなた》かは時間が決めるものだしね。確かに挑戦は素晴らしい。気高い足掻きも沢山ある。だが僕はそんなものと遠く離れたい。ただ眺めるだけでいいんだ。残酷な話だけどね」

「部長はあれですね、自分の心すら自分でどうこうできるものではないと弁《わきま》えてる人だ。何事に対しても主観的な視点を忘れないけれど、主観に意味を持たせてはいない。大成すると思いますよ、そういう人は」

「ありがとう。彼女にも似たようなことを言われたよ。あなたは冷たい人だってね」

「部長みたいな人ほど、一見冷酷に思えますからね」

矢谷は壁掛け時計を見た。時刻は六時手前だった。

「そろそろ行くよ」

「いつもより早くないですか？」

「彼女と晩御飯を食べに行くんだ」

「なるほど。それじゃ、また」

「またね」

手をひらひらと振りながら矢谷は部室を去った。それ以来、矢谷が部室に来ることはなかった。


「えー後輩くん可哀想」

口の中に含んだ麺を意に介さず、七瀬《ななせ》唯《ゆい》は嘆《なげ》いた。向かって座る矢谷は無感動な目色《めいろ》でそれを見た。そこは二人の通う予備校から徒歩十分ほどのラーメン屋で、満席の客が麺を啜《すす》る音とカウンターの奥からの調理音を白く強い電球の光が包んでいる。矢谷は味噌派だったが、ここは塩ラーメンが一番だと七瀬が強く勧めるため、仕方なくシンプルな塩ラーメンを注文した。

「勝手に哀れむなよ」思わず箸《はし》を止めて矢谷は言った。

矢谷が速水のことを自ら話し始めたのではなく、七瀬が近頃の矢谷の部活の様子について何の気なしに質問したため、会話は順当な流れに沿って今に至っていた。

「でも可哀想じゃない。慕《した》っていた先輩が急に来なくなったら、私だったら心配になっちゃうし、特に理由がないなら尚更《なおさら》思い悩んじゃうって」

「大丈夫だよ。彼は今集中すべきものがあるから、それ以外のことは心底どうでもいいはずだ。それに、絵に専念するには予備校のほうがいいと、彼なら合理的に考えるさ」

「だとしても何も言わないで、はいさよならっていうのは」

「冷たい？」

「うん。相変わらず淡白すぎる」

「そう言うと思った」

先刻より柔らかく感じる麺を啜ると「それより今日って何の日か覚えてる？」と七瀬が訊いた。矢谷が口籠り逡巡《しゅんじゅん》していると、彼女は溜息まじりに、

「今日で付き合って丁度半年」と言った。

「ふーん。もうそんなに経つのか」

「ちょっとは悪怯れなさいよ」

「申し訳ないとは思ってるけど、忘れてたというよりそもそも記憶してなかったからな。何か欲しい物があればプレゼントするよ」

「正直者すぎて逆に怖いわ。まあそういうトコにも慣れたけど。プレゼントとかは特にいら

ないの。私的には行きつけのラーメン屋に連れて来られただけで満足だし」

「前から疑問だったんだけど、どうして記念日が重要なの？」

「あなたの場合、本気で言ってるんでしょうね。んー、私の場合だけど、重要なのは数なのよね」

「数？　つまりどういうこと？」

「矢谷くんって塩ラーメンより味噌ラーメン好きでしょ。それって塩より味噌を食べた数のほうが多いってことだと思うの」

「随分無茶苦茶だな」

「まあ今のは喩え話。つまり単純な数を積み重ねることが大切なの。好きって言った数、好きって言われた数、手を繋いだ数、一緒に過ごした数。数をこなすことが重要なのは美大受験者なら身に沁《し》みてると思う。ようするに、私は単純なの」

ラーメンを食べ終えた矢谷は一息つきながら「なるほど」と言って続けた。

「君は感情の濫費《らんぴ》を厭《いと》わないタイプであるけれど、なんだか功利主義の片鱗《へんりん》というか合理的というか、そういう側面も持っている。生きることを複雑に考えがちだが、その実単純に生きられる。果物を食べるときも種を残そうなんて考えない人だ」

「それって褒《ほ》めてる？」

「褒めてるよ。僕にはない性格だ。実質が実態となるより先に、実態の享楽にふける刹那《せつな》的思考。実質を求めすぎて痛い目を見る打算的な馬鹿よりよっぽど健全だ」

語りながら矢谷は財布を開いた。既に食べ終わっていた七瀬も財布を開く。

「あっごめん。五千円しかない」

「驚いた。数が好きなら紙幣より硬貨が好きだと思ったのに」

「いや硬貨は重いから嫌いよ」

「君はホントに単純だな」

結局、矢谷が塩ラーメン一杯分の料金を七瀬に手渡し、その日は彼女が会計を済ませた。七瀬は一人で先に予備校へ向かった。付き合っているのがバレて茶化されたくないからと、七瀬からの希望で時間をずらしているのだ。矢谷は予備校へ向かう道中のコンビニに立ち寄って時間を潰した。そこで青っぽい制服に身を包んだ、背の高い女を見た。その醜い顔に見覚えがあり声をかけた。

「棚橋《たなはし》さん。奇遇だね」

棚橋美穂《みほ》も矢谷と同じ予備校に通う生徒の一人である。その顔はとにかく醜い。美しさの側面的な醜さではなく、乾いた土のような太陽を反射させない醜さがある。

「ほんと、奇遇だね」

気まずそうに笑いながら、少し顔を赧《あか》めて視線を逸らす。その仕草が醜さに拍車をかけている。だが矢谷の見解では、予備校の中で最も絵が上手いのは棚橋である。特に構図と質感に於いては右に出るものはいない。それは自身の醜さを埋めるための必要性により生じた美ではなく、類《たぐい》まれな練磨と研鑽の上に成り立つ技術的な極致である。

コンビニを出てからの進路を二人は会話らしい会話もなく歩いた。あまりに気まずいせいか棚橋は「ごめんね」と言った。しかし矢谷は本心からその意味がわからなかったから「なんで謝るの？」と訊くとまた赤面してそれきりだった。

予備校に着くと二人を睨《にら》むように見つめる七瀬の姿があった。間抜けな嫉妬を向けられていることを矢谷は悟った。それと同時に、嫉妬というものが思いの外危険ではない感情だということを知った。それどころか、彼女の嫉妬が自分の掌《てのひら》の上で転がる球体に思えて仕方なかった。そもそも嫉妬とは、その原因となる人物により齎《もたら》され、原因となる人にしか解決することのできない感情である。自我の強い負の感情であると同時に実質は他律的であるという嫉妬の実態を、矢谷は果実とその種のようだと思った。成長の行く末でもあり、人々が決まって手を伸ばす果実は、その実、口から吐き出された種により生みだされ、その種さえも果実の完熟、ひいては腐蝕《ふしょく》を以てして初めて世界に現出し、土に蒔《ま》かれることが叶うのである。

六

七月は北条が美術室をよく訪れた。それにより着彩は瞬く間に進行したが、速水はあれほど望んだ完成を間近にしても高揚に身を沈めることなく、淡々と筆を滑らせ続けた。肖像画を描き終えることでの決着という恐怖が、かえって頭を冷静にさせてしまったのかもしれなかった。そう考えると情けないので、速水は己の美意識が日に日に透徹していき、完全なる美への挑戦の終結、つまり破滅に対する覚悟が決まってきたのだと考えるようにした。

完成まであと一歩というところで、夏休みに入った。八月も部室は開いているが、部活のない北条が態々《わざわざ》学校へ足を運ぶのは億劫《おっくう》だろうからと、速水のほうから夏季休暇中の着彩は断った。だが二人の関係性は変わらず良好で、映画を見たり夕飯を食べたりするために会うことも屢々あった。

八月の第一週に、珍しく北条から誘いがあった。会わせたい人がいるから今から喫茶店に来てくれ、というメールがその日の午後に届いた。北条からの誘いを内心嬉しく思い、会わせたい人が誰なのかという好奇心と、そういう北条らしからぬ物言いを訝しく思う気持ちとを携え電車に乗った。午後二時半にいつもの喫茶店に着くと、北条は四人がけのテーブルの窓際に座っていた。テーブルとテーブルの間のゆとりのある空間を歩いて、速水は北条の対面に腰掛けた。

「お待たせ。それで、会わせたい人って？」

「もう少ししたら来るよ」

北条はいつもの微笑を湛えた。夏の鬱陶しい青空に無礼を働くような白い肌は、純白で袖の長いシャツにその神聖さを包んだ。少し汗ばんだ速水を見ながら、汗一つかいていない北条はアイスコーヒーを一口飲んだ。それを見て速水もアイスコーヒーを注文した。北条が汗をかいていないのは、喫茶店に入店して暫く時間が経っていたからでも、注文したアイスコーヒーのおかげでもないと速水は考えた。彫刻や絵画が汗をかかないように、北条が汗をかくことはない。

「速水はさ、恋を自覚する条件って何だと思う？」

その質問が北条の喉《のど》を通って発せられたことが信じられなかった。この男が恋という言葉を使うこと自体が空想に思えた。だが速水は自分を偽ることに非常に秀でているから、その狼狽《ろうばい》を垣間見せずに難なく受け答えした。

「さあ、なんだろうな」

「じゃあ一つずつ教えるよ」

「一つずつってことは、二つ以上あるのか」

「うん。全部で五つある。五つが全部重なってやっと恋を自覚する人もいるし、一つや二つを経験してこれが恋だと気づく人もいる」

掌をみせるようにして五指を立てる北条の前腕が今日はやけに男らしかった。指は内側の骨のなまめかしさを感じさせたが、前腕の曲線は橈骨《とうこつ》と尺骨《しゃっこつ》の無機質な感じというより、筋肉の猛々しい質感によるもので、それがシャツに何とも官能的な皺《しわ》を刻んでいた。夏の間に筋肉を鍛えたのだろうか。しかし、依然として微笑と眼差は完璧なままだった。気怠げな、物憂い、それでも冷酷とは言い難くも同情とは無縁なその情調。そんな完璧に半ば安心しながら、この『恋を自覚する五つの条件』というものも北条のいつもの気まぐれで、待ち人が来るまでの暇潰しに過ぎないと思うと、何だか肩の荷が下りた気がした。

「それで、一つ目は?」

「一つ目は『肉感』だ」

——肉感。聞き馴染みのない言葉だが意味はわかる。ようするに性的な感じを指す言葉である。確かに恋とは性的な行為や抒情《じょじょう》を免《まぬか》れないのだから、肉感が伴うのは真である。

「なるほど。その理由は?」

「解釈は任せるよ。俺は言うだけ」

速水は相変わらずな北条に笑った。これは単なる暇潰しで、内容も一人の少年の無意味な一般化、法則化の域を出ないのだから、真剣に考えること自体誤りだと速水は考えた。そして恋を語りながら多くを語らない北条に、速水は満足した。多くの人がそうであるように、必要以上に語らないことは、必要を語ることより困難である。

肉感という言葉の持つ響きそのものに、速水は文字どおり肉感的な感じを覚えた。恋をした人間が相手に触れるときに生じる快感や性的刺激は、全てこの一言で説明できてしまうのである。この言葉は詩的に恋を語る行為は全て、ただ性欲に装飾や象嵌《ぞうがん》を加えるだけと嘲り、あらゆる恋模様を性欲の斑とし、恋する者の蒙昧さ、一心不乱さを、脳髄まで白濁液が溜まってしまい涙にもそれが混在する病気だと断ずる。『肉感』とはこういった魔的な怪奇が萼《がく》となり、燃えるような花冠《かかん》を支えている言葉である。美しい表現だ。北条らしい性欲の表現だ。速水はそう思って感心した。

「二つ目は『観念』」

これは通俗的な考えだと思った。つまりは、恋する者がその相手に抱く意識の固定的な内容のことである。具体的な観察をせずに理想的な心象を自身の頭の中だけに結ぶ恋の身勝手さや、もしくは相手との性行為やデートを脳内で展開する妄想そのものを示す言葉だろう。

精神的な面が強いな、と速水は思った。精神と恋は確かに密接だが、そもそも恋とは完全に精神によるものだろうか。肉体だけの恋、肉体だけの依存性、それを人は恋と呼ぶだろうか。いや、それはただの性欲だ。ならば恋と性欲の境界は？　それこそが観念だろう。肉感が恋と性欲を同一としてお笑い種《ぐさ》にするのならば、観念はそれらを明確に区分した上で嘲《ちょう》笑《しょう》を投げるのである。精神的な恋も肉体的な恋も、どちらも純粋であることはない。

「なかなか面白いな。三つ目は？」

「三つ目は――」

「お待たせしました。アイスコーヒーです」

「あ。ありがとうございます」

注文していたアイスコーヒーが届き、北条の声は遮《さえぎ》られた。礼を言った後、速水は「それで？」と訊いた。

「三つ目は『偶然』だ」と北条は変わらぬ声色で答えた。

「アイスコーヒーがきて間が悪かったな。これも偶然か」

「そう。本当に偶然だ」

偶然。なかなか面白い要素だ、と速水は思った。偶々《たまたま》同じクラスだったり、偶々出先で鉢合わせたり、そういう都合のよい偶然を運命と呼び、運命の人という言葉もあるくらいなのだから、偶然が恋を形成し、偶然の連続に恋を自覚する場合もあるだろう。そもそも人は偶然に出会うものである。誰かを好きになることにも、その人と出会う機会に至るには多少の偶然性が必要不可欠である。そういう偶然の力量を認めながら、速水が運命を信じないのは偶然というものが完全たりえないからである。同時に先程の肉感や観念といった意志的なもの、人間の選択可能なものも同じ理由で信頼できない。そもそもこの世には、完全に選択可能なものもなければ、完全に運命と呼べるほど偶然性に満ちたものもない。

生死の問題も同様である。そもそも生まれるということに、当人の意志も意欲もない。生そのものは選択可能ではないのである。ならば死はどうだろう。自死は響きだけは一丁前で、日本には切腹という文化があるくらいだから、人間の意志による死というのは選択可能であるように思える。しかし自殺にはそこに至るまでの経緯があり、その経緯の全てを己で選んだということはまずありえない。かといって、何一つ自業自得ではないということもない。そもそも生きるということが、速水には自業自得の体現に思える。酷《こく》な話だが、歓喜も悲哀も己で選んだ道の先にあったものである。進んだ道が途切れていることも、岩壁で行き止まりになっていることも、その道を選んだ己の選択の責任である。だが速水のそんな認識は偏見にすぎなかった。生死は完全な自業自得ではない。そもそも道は無数ではない。生まれながらに選択肢は限られ、その中で皆最善を模索し生活を営む。つまり、完全な自業自得、完全な選択、完全な運命、これらは運、才能、努力のどれか一つだけで成り立つ社会と同じくらい原理的に不可能である。何かを選択する意志と、選択の不可能性を誇示する運命との均衡のみが確定していて、それだけが人間が信頼できる完全な事実である。つまり生死の問題に絶対という概念はなく、生きることも死ぬことも全て相対で成り立っているのだ。

常日頃考えている生死の問題と忌み嫌う恋の問題との共通項に、速水は夏だというのに寒気がした。生きることと死ぬことは、恋をすることと同じくらい愚かしいのかもしれなかったが、それは今までの自分を卑下《ひげ》するようで気に入らなかった。

「偶然か。なら四つ目はなんだ？」

「四つ目は『嫉妬』だよ」

嫉妬。それは憎悪や劣等感の種と考えられるが、確実にそうとは言い切れない。自分以外にも嫉妬をする人がいるというだけで、人は嫉妬を共有財産のように考え出す。それにより憎悪も劣等感も肯定すべき、存在して然《しか》りと思うだろう。他人と同じになりたい、何かを共有したい。そしてそれが後ろめたければ尚良い。嫉妬とはそんな人間の集団心理の原初的感情、人と同じ轍《てつ》を踏むという安心や幸福を与える感情ではないだろうか。何故嫉妬するのだろうと、速水は考えた。それを恋を自覚する一要素としてカテゴライズするのは容易いが、自分と他人が異なることの裏打ちとなる嫉妬は、自我の弱い人であるなら尚更拠《よ》り所《どころ》にすべきである。嫉妬という危険に思えて最も安全な感情は、容易に人の逃げ場所となり、人はそこに定住するはずだ。嫉妬を上手く使えば、それは憎悪や劣等感ではなく安心を引き出す感情になるはずである。元来、人は嫉妬をする。嫉妬するからこそ己の欲が見えてくる。見えるという安心、それが嫉妬の利便性である。見えた欲が恋の形をしているか、もっと邪悪な何かかは、その人によるだろう。

これは速水にとってあまり面白くなかった。彼は一般的な人間の心の動きなどに興味がなかった。嫉妬したいならすればいいし、それが嫌ならしなければいいだけだと、単純に割り切っていた。安心を得たい、幸福になりたい、そういった生きたいという願望が、生きるという行為そのものを複雑にしてしまっていることを速水は知っていた。自分は自分、人は人、そう割り切るからこそ嫉妬は嫉妬としての体裁を保つのではないのだろうか。速水はそんな疑問を抱いたが、大した疑問でもないので考えないようにした。

「肉感。観念。偶然。嫉妬。確かにどれもそれらしい。なら、最後の一つは一体なんだ？」

「そうだな。折角《せっかく》だから当ててみて」

無邪気な発言に見え隠れする美しさに速水は嫉妬するのではなく恍惚とした。自分は北条にすら嫉妬しないということが、速水の安心の材料になった。喉が渇いたのでアイスコーヒーを一口飲む。冷たさと苦さが心地よい。一息ついてから「強欲」と答えた。

「ちがう」と北条が落ち着いた声色で答える。

「安心」

「ちがう」

「悋気《りんき》」

「それはほとんど嫉妬でしょ」

「なら盲信」

「もう少し捻《ひね》りがほしい」

「猜疑《さいぎ》」

「面白いけど、人にとって疑念だけが信頼に足るものだからね」

「いい言葉だな。何の受け売りだ？」

「オリジナルだよ。速水は結構疑り深いよね」

「それだけお前を信頼してるってことだよ」

少しの沈黙が場を静めると「降参？」と北条が訊いた。

「ああ。俺は恋なんてしないし、したくもないからな」

「なら教えよっか。五つ目は――」

その瞬間、後方の戸口から入店を知らせるベルが鳴り、北条が開いた口を閉じてその方向へ手を振った。待ち人が来たらしかった。速水は振り返り、戸口の方を眺めた。

そこには、山中春美の姿があった。

山中を交えて三十分ほど会話をしたが、その内容の一切は速水の頭に入ってこなかった。それは山中が北条の隣に腰を下ろしてから早々に言い放った言葉のせいだった。

「実はね、私達付き合うことになったの。ほら、速水のおかげで私達ここまで仲良くなれたから、感謝の気持ちを伝えたくて。あと速水って意外と鈍感だから、サプライズとか面白そうだなーって」

感情の整理がつかないため速水は言葉を失った。それは思いがけないことに呆気にとられているのだと解釈された。北条に恋人ができたのだ。それもあの山中である。雑多な感受性と恋愛映画のような脳味噌しか持ちえない女である。いや問題は相手ではない。北条が恋をした。それが問題である。

どっちから告白しただとか、いつから付き合い始めただとか、そういう質問をしても情報を上手く処理できずに、ただ取り乱していない風に装うことに手一杯で、質問の答えを聞くことすらままならなかった。それでもその内情が二人に悟られなかったのは、速水の日頃からの自分を偽る習慣の賜物といえた。

だが、北条を直視することだけはどうしてもできなかった。先刻までのあの微笑、あの眼差が、今目の前の北条を見てしまっては永遠に夢想になってしまうように思えた。認識した世界の北条だけが、速水の中で大きく膨れ上がった。認識とはこんなにも脆弱だったのだろうか。今は現実を観察していないから、夢想は夢想のまま保たれている。だが一度観察してしまえば、速水の認識した世界は途端に崩れ去るだろう。認識により創造された美は、速水の認識が移ろうとともに崩壊への一途《いっと》を辿る脆弱なものだった。

その後は三人で映画を見ようと誘われたが、二時間後に歯医者があるからと嘘《うそ》をついて断った。

店を出たのは午後三時半で、日は依然として燦然《さんぜん》と輝き、道行く人々は苦しげだった。頭が妙にくらくらするのは、店内の清涼な空気とは裏腹な、質量を感じる夏の熱気のせいだけではない。

「それじゃあ。歯医者だから」

「またな」

「ばいばーい」

速水は店を出て左へ、二人は右へ進んだ。数歩ほど歩いてから立ち止まり、速水は振り返った。夏の清澄な青空の下を寄り添うように歩く二つの後影《うしろかげ》は、行き交う人々に紛《まぎ》れて、暫くすると消えた。その一部始終を速水は見た。脳内では『恋を自覚する五つの条件』を一つ一つ思い返していた。

肉感。観念。偶然。嫉妬。そして――

「幻滅」と速水は呟いた。

何かを澱《よど》ませるように吹いた弱い風にも負けそうなほど、小さな声だった。

前へ向き直り駅へと歩を進めた。歩けば歩くほど、結露したアイスコーヒーのグラスのように腋下《えきか》から汗が噴き出て気持ち悪かった。歩きながら空を見上げた。その時初めて、速水は自分には空を見上げる癖があるのだと気がついた。青く遍満した何か鬱陶しい情熱の押売りのようにも感じる無遠慮な空は、まさしく八月の空だった。まだ夏は終わらないらしい。

駅へ着き、改札を抜けて、電車に乗りながら考えた。

今日は、家へ帰ったらまず手を洗って、うがいをして、少し勉強をしてから晩御飯を食べて、シャワーを浴びて、下らないテレビやネットを見てから歯を磨き、また勉強をして、日付が変わる前には寝よう。でも鏡を見ないように気をつけなくてはいけない。そこにはきっと、恋をしている人間の間抜け面が映るから。

七

幻滅を以て初めて速水は恋を自覚した。それは心象として描いた幻想の存在を片時も忘却してはいなかったのに、それを幻想とはゆめ考えない白々しさが、幻滅という名の全ての白々しさをその食べ滓《かす》だけを残して朝焼けに晒しては見世物とする身勝手な魔物によって滅却されたからである。夢から醒めたような衝撃と共に、自身が夢を見ていたという淡くも確実な事実に対する落胆が、速水の胸中に投石され、その水面に波紋を残し続けた。

八月はあと三週間以上あったが、外出する気にはなれなかった。美術室に行ってコンクールに向けた作品に着手しようかとも考えたが、北条の肖像画があるから行く気が失せた。速水の心境は積み木で遊ぶ子供のようだった。あれほど丹念に練り上げ、積み上げてきた営為を、一瞬にして、それも自らの手で崩してしまいたくなるような心境。もし今、自分が北条の肖像画を見たら何を思うだろうか、と速水は考えた。予期している通り破壊したくなるだろうか。それとも一層、光彩陸離《こうさいりくり》に思えるだろうか。あるいは無味乾燥のみを味わい、完全なる美への挑戦への活力が削がれたことを身に沁みて感じるのか。見てみるまでわからないが、そのいずれもが自分の望む完全なる美への挑戦の結果、つまり破滅でないことは確かである。破滅とは絶望ではない。破滅は希望であるべきだ。完全なる美が齎す破滅には、この上ない快楽が伴うはずである。ちょうど形に寄り添う影のように。あの日の山中と北条のように。

速水は破滅にすら幻想を抱いていた。しかし、性について考えても、性が存在する意味に不知である多くの若者と等しく、速水は破滅の官能的な側面に魅せられてはいたが、破滅の一切を巻き込む身勝手な作用に不知であった。破滅により自身がどのように変化するのか、彼は予想すらしなかった。それゆえに彼は破滅に抱く想念が愛なのか、はたまた恋なのかを判断できないでいた。自身が破滅を望むのは、破滅そのものに成りたいからであるのか、芸術家としてただ破滅を見たいだけであるのか。今までの速水ならそれらを同一の芸術家らしい願望、美への羨望《せんぼう》として認識していたが、幻滅を知った今、そう易々と心は動いてくれなかった。しかし、速水は一応、恋と愛の違いについては尤《もっと》もらしいものを持っていた。速水にとって愛と恋には、鏡と鏡に潜む鏡像のような明確な違いがあった。愛は相手の外観も内面も等しく尊ぶことだが、恋とは不断に性的刺激を与えうる相手の官能的外面から、未熟な認識能力では知りえない相手の内面を、若さゆえの盲信と早合点で官能性を帯びた幻想として捉え、幻想の内面を外観に塗りたくり、幻想の輪郭を明晰にすることで、自身は相手の外観も内面も等しく尊んでいると錯覚することである。鏡そのものであるか、鏡の性質を巧みに利用する鏡像であるか。

そういう発想のおかげで、今まで速水は恋を蔑《さげす》んでこられた。しかし、今や己を蔑まなくてはいけなくなった。確かに芸術家が芸術たりえないという事実も絶望に満ちているが、それは問題の最たるものではない。最も深刻なことは、蔑むべきものに完全なる美が含まれていることである。どれだけ熟考しても、その紛れもない事実だけが堅牢だった。その事実が速水の絶望だった。それは今までの認識が、美と向き合ってきた時間の全てが、無駄なことだったと暗示していた。どれだけ描こうと微動だにしなかったはずの現実世界が、自分の意志とは無関係に展開していることを速水は知った。世界はまるで天体の運動のように、誰の意志に応えるでもなく、ただ秩序に忠実に動き続ける。なんたる不如意。なんたる不可能。偉人の全てが後世に書かれる自身の伝記に註釈をつけることが叶わないように、速水にとって北条の美しさは、全て過去へ過去へと流れてしまった。

過去へ流れ堆積した美しさに、速水は時折目をやった。それは鮮やかな土塊《つちくれ》である。太陽の光を反射し、ギラギラと光るために水分を湛えた泥の結晶である。そんな美の醜態を見ると、速水は北条と会うことが怖ろしく、描きかけの肖像画を見ることすら気が滅入った。なぜなら、そこにある北条、つまり現在もしくは未来の北条は、速水の過去の堆積と絶えず比較されることを余儀なくされ、そこに確かな過去の反映を、見ようとせずとも見てしまうからである。それは速水が俗人の恋を嫌うあの発想と同じ所に根ざしていた。速水の俗人に抱く侮蔑は恐怖と言い換えられただろう。彼はあらゆる愚昧《ぐまい》の中に自身の未来を見るのを恐れた。哀れな老人を若者が嘲るのは、自身はその路《みち》を辿らないという思い上がりと、かたやいつかは醜く老いてゆくという現実的な恐怖との背反によるものである。速水は、自分がかつて軽蔑した俗人そのもの、恋をする人間らに紛れていく事実が怖かった。そしてそれ以上に、あの日の二人の後影が人混みに紛れるように、北条すら恋の俗悪に染まることが許せない。未来の北条、未だ不確定な北条を眺めることは、美しかった過去よりも、美しくなった過去を眺めることと等しかった。

夏の蒸し暑い夜には、寝返りを打つ回数と同じく、こんな詮《せん》ないことを考えることが多くなった。夏が異様に長く感じられた。時間だけが過ぎていき、思考は振り子のように同じ所を行ったり来たりした。だが、時間の経過が振り子の運動を止めるように、若者の悩みというものは時間に解決されてしまうものである。しかし、速水はそうなることを望まなかった。時間が解決してくれるような問題を、速水は時間に託したくなかった。時間の悪魔的作用により、万象《ばんしょう》は留まることなく過ぎ去ってゆく。時間という秩序！　それはあらゆる美しさを衰退へと導く。永遠を唾棄し、芸術家の存在を薄弱にする。それを認めたくないという一貫性が、速水を脊椎《せきつい》のように貫いて支えているのなら、彼が戦ってきたものは完全なる美ではなく、時間と衰退のほうなのかもしれなかった。時間とは、人が生きる曖昧な理由であるのに、その曖昧さを曖昧さのまま保持しつつ、正確無比な実存性を孕んで人の身を襲うのだ。衰退も忘却も、芸術家が生きる限りは起こりえないのに、起こりえないということが絶えずあやふやな予感を抱かせる。既に味わったとすら錯覚する衰退に対する不安の兆《きざ》しが、不安そのものになりすますのだ。そんな幻想的な衰退、時間に秘められた忘却が速水には我慢ならなかった。何が留まり、何が過ぎゆくのかを決定づけるのは、時間の意志ではなく己の芸術家としての意志、即ち認識である。苦楽への食傷、感情の鈍化、悲哀からの脱却、美の褪《たい》色《しょく》といった時間の弊害が我慢ならないことに加え、このような作用の先にある忘却が現在の脳内の全てを過去にしてしまうことでの「解決」よりは、現在の脳内を未来永劫に永続させ、考え続けることにより納得や諦観を得る「決着」を彼は望んだ。己の認識や努力で絶望と決着をつけたかったのだ。

だが速水はそれほど強くなかった。彼は時間の奴隷だった。同じ所を廻《まわ》る思考は日に日に鈍化した。ふとした時に思い返される、椅子に腰掛け微笑を浮かべる北条は、思い出した瞬間は美しいけれど、それが忽《たちま》ちに過去のものだと判明して刹那に色褪せた。そうかと思えば、夢想の北条がより色濃く顕現し、それを現在の恋をしている北条と見紛《みまが》うこともあった。絶望も驚愕も時間によって饐《す》えた。そんな幻想と幻滅が交互に往来することに、速水は人の感情と時間の関係性の真理を見た気がした。悩むほど、時間がいつか自分を立ち直らせるのだろうと予感できてしまった。そして実際に心が快方へ向かうとき、そこにはさらに深い絶望と幻滅が予見された。幻滅がより幻想の絢爛《けんらん》を増幅させたのである。そして、それは自分で選択した幻想でも幻滅でもない。日に照らされて雫を垂らす氷柱のように、時間の経過により少しずつ氷解する感情である。解けては凍り、凍っては解ける。その繰り返しが習慣となり、習慣は人に諦念を与える。自分のものと信じ切っていた自分の感情が、酷く他律的なものであることに気づくと同時に、その事実に関して何の憂いも抱かなくなるのだ。ただ繰り返す。幻想を抱く喜び。あの日の北条の麗しさ。ただ思い出す。そしてその幻想の傍らに、確かに幻滅の面影を見る。恋する人間のむさ苦しさと、北条とが一直線上に結ばれる。そんな幻滅に、また恋を自覚する。抱いた瞬間に朽《く》ちたかに思えた感情は、一刹那毎にありありと蘇《よみがえ》る。彼はもう感情が論理的に働かないものであるという真理を、論理的に理解してしまった。それが余計に辛く、感情の明滅や変幻を容易にさせた。ただ繰り返すだけの、夢想と幻滅の往来は、まるで手淫《しゅいん》のようだった。手淫には、満足と消失がほぼ同時に生起する肉欲の生物的な虚しさが伴い、それを予感しながら人は快楽に溺れるために没頭する。普段は功利に重きを置きながらも、功利に反する行為を是認するという自己矛盾と生物の欲が、肉体と精神に下す作用。それを恋と呼ぶような気さえした。

二六時中考えを巡らせた挙句《あげく》、速水は人間の肉体は精神を湛えるのに酷く狭隘《きょうあい》で脆弱であるということに気がついた。肉体は精神を制御できず、絶えず精神に遅れをとる。失恋の悲哀に涙が出る頃には、速水は既にその先の幻想を予感しているからである。そして幻滅が身を襲うときに、涙はとうに涸《か》れているのである。肉体はどうして感情に勝ちえないのだろう。どれだけ悲哀に苦しもうと、どれだけ幻滅に拉《ひし》がれようと、この肉体は涙を流すばかりである。涙、それだけが肉体が内界を外界へと現出させる手段だ。人間の肉体というものは、身が張り裂けそうな悲しみにも張り裂けることはなく、ただ涙を流すことに満足する。そしてそんな涙さえ、いつかは涸れ果てる。感情そのものに脊椎が生えているのなら、文字どおり身を焦がすことも可能であるし、不断に涙を流すことも可能であろう。燃える肉体が涙に消火され続けるのなら、感情とは本来久遠に燃えて然るべきである。ヘラクレイトスが「万物の根源は火」と説いたのは、人の感情について説いたのではないかと、速水は本気で思いかけた。

理不尽とも考えられる悲劇から時間の経過により癒《い》え、癒えた体に確かに残る火傷《やけど》の痕や歯形に、幻滅の空虚と絶望を望むでもなく望んでいる。それが八月の速水の生活の一切であった。だが、転機が訪れた。夏季休暇も残り三日というところで、学友に夏祭りに誘われたのだ。それは高校の最寄駅で催される祭りで、毎年打ち上がる花火には他県から訪れる人もいる。

あれだけ時間による解決を忌避しながら、繰り返される幻想と幻滅に日に日に感性は鈍っていき、もはや絶望も飼い慣らすほどに失恋の痛みに食傷気味になっていた速水は、その誘いを二つ返事で承諾した。

思いの外、軽率に承諾する自分に、こうもすぐに立ち直ったのかと、速水は内心訝った。美が喪失したというのに。完全なる美への挑戦の勝敗が決する前に、挑戦そのものが空中に霧散したというのに。速水は自分という人間の輪郭を外から見ているような心地がした。冷たく、薄情な薄い肉がそこにはある。運動を嫌う脚がある。恋を間遠に考え、性欲を身近に備える股間がある。臓器の存在を疑うほど、薄く細い胴がある。檜《ひのき》の棒のような両腕が、糸に吊るされたように垂れ下がっている。そして、顔はいつもの通り仮面で覆われている。自分の内情に、その感情に、自分さえも退けてひた隠しにする薄ら寒い趣味を持った厭らしい仮面が。

速水が簡単に立ち直った風に思えるのは、この仮面のせいかもしれなかった。英語圏に永住した日本人が晩年に英語で夢を見るように、速水の自分すら気づきたくない感情を黙殺する虚妄《きょもう》は習慣化していて、習慣であるがゆえにもはや虚妄特有の虚しさすら欠落していた。一生涯続く偽証は真実と違わないのだから、彼は己をその虚妄に定住させ、虚妄こそが棲家であり生活であった。自分さえ騙す偽りが、己の真実らしさを歪め、習慣化した偽りが、真実らしく振る舞うのである。そういう行為を人々は口々に「仮面をつける」というが、その偽りの仮面をつけようと決起するのが素顔のその人ならば、仮面にも些かの真実性が宿っているはずである。習慣により素顔が歪められていなければの話だが。そもそも素顔などというものが存在していればの話だが。

駅に集合して、歩いてすぐの祭り会場へ向かった。夜の暗澹とした空には雲の斑は見えなかった。ただ広い闇ばかりが空白を持て余し、それを蹴飛ばすように、露店には眩《まばゆ》い光が灯されていた。道を埋める人混みを縫うように、お好み焼きやたこ焼きの匂いは広がって、夜気すら感じられないほど辺りは騒がしかった。

「野郎四人で夏祭りとはな。俺もとことんツキがない」

帽子を被った学友が焼きそばの露店に並んでいる最中に言った。

「うるせぇよ。こういうのは楽しんだモン勝ちなの」

「勝ち負けじゃないだろ、勝ち負けじゃ」ともう一人が横槍《よこやり》を入れた。

「勝ち負けだろ。四方八方のどこかには絶対カップルがいる。この劣等感が敗北感でないなららなんだってんだ」

「もし勝ち負けだっていうなら、勝手に勝負挑んだのはお前だろ。勝手に挑戦して勝手に負けて勝手に拗《す》ねて、冗談も休み休み言ってくれ」

「あっ。感じ悪ーい。なあ速水、こういうのどう思う？」

「……死んだほうがいいな」

「ダハハハ。だよな」「酷くね」「言い過ぎだって」

無駄な会話をしている間は、妙なことを考えずにすんだ。頭を使わない分、ただの気晴しに没頭できたのだ。

「そういえば、北条は誘わなかったのか？」

北条という言葉に、内心驚いた。まだ新鮮な感情が自分の中にあることを、速水は浅ましいと思って呆れた。

「なんか彼女といるらしいぞ」

「えっアイツ彼女いるの」

「あんま詳しく訊かなかったけど、そうみたい」

「なんか意外だな。女に興味なさそうだったのに」

「だよな」速水は適当に相槌《あいづち》を打った。

買った焼きそばやベビーカステラ、たこ焼きを持って四人は河川敷に移動した。駅から徒歩十分ほどのこの場所は、花火を見る穴場――穴場と呼ぶには人が多すぎるが――として知られていた。屋台が並ぶ大通りより空気は幾分澄んでいるが、人は疎《まば》らではなく、食事をする余裕はなかった。辺りは街灯もなくほの暗い。ただ無数の人間の期待と好奇がこめられた息遣いと、汗ばんだ浴衣《ゆかた》やシャツに漂う熱気だけが、人の存在というものを裏付けていた。

四人は勾配《こうばい》の緩い土手の頂上で直立した。速水が腕時計を確認すると同時に、空が瞬いた。幾つもの閃光が打ち上がり、同心円の花々を空へ残したと思えば、薄い煙だけが残留して、燦然とした光輝はゆっくりと垂れていった。何色とも言えない無数の炎色をその花弁に燻《くゆ》らせる花火は、華々しく散っては物寂しさを残し、何度も瞬いた。速水は花火があまり好きではなかった。一瞬の美には破滅が確かに垣間見えるが、それは確約された破滅であって、お子様ランチのチキンライスに屹立《きつりつ》する旗のような子供騙しな気がしてならなかった。

綺麗だったが、退屈だった。轟音と人々の驚嘆の声々が美しさを邪魔しているのだと思った。火薬の匂いすら疎ましく感じて、ふと中腹の辺りに目をやった。そのまま右横の方を見ると、驚くべき光景が広がっていた。

そこには、北条と浴衣を着た山中がいた。その横顔は花火の色に合わせて顔色を変貌させた。北条の横顔を、速水は久方ぶりに見た気がした。美しいというより神聖な、退屈そうな横顔で、始業式の日のあの横顔の精緻な美しさを思い返した。過去が純粋な美しさで夢想された。恋の汚穢を知っても、北条は神聖なままだった。速水は美と神聖は等しくないのだと悟った。清潔でなくては美しくないが、清潔でなくとも神聖なものがこの世には存在するのだ。

二人は速水には気づいていない様子だった。それを裏付けるように、二三言交わした後に、二人は接吻をした。花火がその醜態を暴いたが、二人の影の交わりは人混みに掻き消されていた。そのせいで、二人の実体だけが、肉体だけが、そこに交わって連理《れんり》の枝のようになった。

速水は自分がまだ恋をしているということを知った。味のしなくなったチューインガムみたく感じていた幻滅も絶望も、たった今、口内で弾けているのが舌先で感じられた。だが味はしなかった。それは、度重なる幻想の甘美と幻滅の辛酸が、あまりにも味蕾《みらい》を刺激するから、もはや味覚が正常な機能を損なったせいだと思った。

花火は終わり、辺りは開始前より深い闇と静寂に包まれた。一番近くにいた友人が速水に言った。

「そんなに花火が楽しかったか」

「どうして？」

「だってお前、今すごく笑顔だぞ」

右手で顔を触ると、確かに笑っているのが感じられた。自分でもまだ気づかない、気づきたくない、この心中に渦巻く溝《どぶ》のような感情を、肉体が必死に隠そうとしているらしかった。

八

夏季休暇が終わると北条と顔を合わせる機会は必然的に増えた。正直、速水にはもはや北条が美しいのかそうでないのか、見当がつかなくなっていた。会話をしていると、美しいと思える時もあった。優しい拒絶をその眼差に読み取ることもあった。だが、それは決して認識により久遠にされることのないもので、絶えず流転《るてん》する滝や波や火のようだった。それが美しさの根幹であったはずなのに、速水にはそんな存在の不定形が今になって信用できなかった。そもそも美とは信用に足るものだろうか。美を信用して生きるということは、美を軽んじて生きるようでもある。理解も信用も、美に立ち入る隙などなかったはずなのに、いつからか美にそれを認めさせてしまったのは、紛れもない速水自身である。美を決して信用しないからこそ、北条の美は最高峰だったのだ。考えれば考えるほど、北条と会えば会うほど、正解のない自己矛盾に陥り、犀利だった認識が曇ってゆく気がした。

そして、北条を美しいと思えば思うほど、夏祭りの接吻が脳裏に鮮明に甦《よみがえ》った。まるで官能的にも思えないあの接吻に、速水は吐気《はきけ》すら催した。汚らしい。穢《けが》らわしい。そう思った。それは、昨晩この世に吐き捨てられたであろう酔っぱらいの嘔吐物《おうとぶつ》が、朝、駅へ向おうとする道中で日に照らされながら残り、反射をあげないほど乾いているのに、何よりもギラギラとむさ苦しく見えるように、ただただ不快で仕方なかった。そういった不快は、常々人間を支配する。雨水により、時間により、その嘔吐物が跡形もなく消え去っても、あの黄土色の汚穢だけが鮮烈に瞼《まぶた》の裏に残るから、夏だろうと冬だろうと、その道を避けて通るようになってしまう。嘔吐物が人の行く手を阻《はば》み、日常的に道の選択を余儀なくさせる。そんな具合に、絶望は常に速水の生活につきまとった。勉強や読書の最中に感じる他種の絶望にさえ、速水はあの幻滅の翳が傍らに寄り添っているのを読み取った。不断に、それでいて突然に、絶望は速水を襲い続けた。強襲する絶望の数々は皆同じ根幹を共有していて、人を轢殺《れきさつ》した車の大きさ、車種、速度に違いはあれど、その運転手が皆同一人物であるといった具合に、実態より実質のほうにこそ、より洗練された悪意があるように思えた。絶望の実質。果実に於ける種のような、その実質。種こそが悪ならば、未来は決まって悪なのだろうか。

また、詮ないことを考えていた。速水は反省した。そしてこの反省すら、もはや何度目のそれかわからなかった。内省的でありながら、ただ偽り続ける性格だけが、ひたすらに脈動を続け、同じリズムを保っている。それなのに、心に時計があるとするならば、自分のそれはもう動くことなんてありえないと速水は信じていた。いつから静止を始めたのか。何により動と静が決定されていたのか。今となってはわからないが、ただ無感動に静止を続けた。静止という運動を、ひたすらに続けた。

一人でいる時間が長いほど、速水は絶望に耽ることが多くなった。また絶望だ。また幻滅だ。恒久的に続く絶望と幻滅だ。速水は、絶望そのものの力の存在を認めることより、絶望の味に慣れてしまうことがたまらなかった。絶望がこれほど病理的に苛《さいな》んでくるとは思いもしなかった。苛まれながら内心ほくそ笑むのも、もう何回目のことだろう。泡のように浮かんで淀《よど》んで消えるもの、それが絶望である。そして幻滅とは、より幻想を絢爛にさせる劇薬だ。幻滅した後の方が、より強固に、より頻繁に、心中に幻想を結ぶのならば、幻滅こそが恋だとはいえないだろうか。

速水は未だに愛と恋の違いを熟知している気でいた。彼にとって愛は共同の幻想を育むことで、恋は幻想の所有権を自己にしか認めないことである。相違点は幻想の所有権にある。愛の所有権は両者の間に共有されるが、恋の所有権はどちらか一方のみが有している。両思いなどというが、それは各々が各々の幻想を保持することで、一見共有に思える事実上の専有である。だからこそ速水の精神は、恋をしていることに主観的に絶望しながら、客観的に絶望の輪郭を捉え、北条と山中の接吻を愛ではなく恋であると断言することができた。

辻褄の合わない思考の数々を、いっそ誰かに吐露してしまえば、全て解決してくれるだろうか。だがこんなことを話せる友人は矢谷だけで、その矢谷が部室に来ることはない。それに速水が矢谷に全て打ち明けたところで、彼が与えてくれるものが救済でも解決でもなく、ただの暇だということを速水は知っている。哲学も恋愛も、暇のある人間にしかできないことである。

美術室に一人でいると、その閑散が心を代弁しているようで恩着せがましかった。ただ北条の肖像画だけが、自分の中から生まれながら自分とは離隔された、間遠で神聖な存在としてそこにあった。速水はもう少しで完成するその絵を見ることを怖れていたが、実物を目にしても無感動でいられる自分に、少しの虚栄と満足を覚えた。それは予期していた絶望が予期していた通りに遂行されたときに感じる、自身の未来の予測能力への自負と小さな満足に共通していた。

肖像画を手に取った。今日は運動部の声々が聞こえず、壁掛け時計の秒針の音だけがうるさい。カレンダーを見る。今日は九月十日。九月の頁《ページ》には秋桜《コスモス》が咲き乱れている。時計を見る。午後五時十二分。再び肖像画を見る。不動の冷たい眼差がそこにある。また時計を見る。

そうしていると、時計と北条とが一体となった気がした。速水が信じる、静止した時計とは、もしかすると北条のことなのかもしれなかった。今の速水にとって、北条はまるで止まった時計のようだった。もう時計としての意味も存在も喪失しつつも、一日に二度正しい時刻を告げる姿に、かつて存在した長針と短針の脈動の名残を感じるような。

明日、北条を美術室へ呼ぼう。そこでこの肖像画を完成させよう。破滅の御尊顔《ごそんがん》を俺はまだ見ていない。もしかしたら拝めるかもしれない。それは絶望に、幻滅に、もしかしたら夏のあの日に喫茶店から帰宅した俺の顔に、瓜二つ《うりふた》かもしれない。そしたらその絵を描こう。破滅の萎《しな》びた体軀《たいく》と毛並、その体温さえも、キャンバスに落とし込んでしまおう。

もはや速水は絶望を待望する他なかった。覚悟と呼ぶにはあまりに脆い覚悟が、速水に拳を握らせた。

九月末に控えた修学旅行についての説明があった。飛行機で奄美大島へ行き奄美海洋展示館を見学した後、島内のホテルで一泊。二日目は班別行動で、午後七時までにホテルに戻りさえすれば、観光名所を巡ったり海で泳いだり、と基本的に自由に行動できる。その後はホテルから名瀬《なぜ》港へ移動し、貸し切りのフェリーで船内泊をしながら屋久島へ移動する。三日目を屋久島で過ごし、四日目に飛行機で戻る。以上が三泊四日の修学旅行の日程である。

速水は、屋久島と奄美大島は初めて行くが、それらには自然と海のイメージを強く持った。海。かつて速水は、北条を海のように認識していた。あるいは汀《みぎわ》のように。今自分が北条と正面から向かい合ったとき、はたして何を夢想するのかは、その時が来るまでわからない。家族を奪った海に北条が臨んだ時に、何を思うだろうか。それも、まるでわからない。

その日の午後、速水は北条に美術室で待っている旨を伝えた。できれば一人で来てほしいという言葉も添えた。夏前の北条なら、大した理由もなくその約束を放棄し、自分の行きたい時にだけ美術室を訪れたが、今の北条は何の躊躇《ためら》いもなく承諾した。速水は失意した。

約束どおり、北条は一人で美術室に来た。適当な椅子に座らせると、着彩の準備をして筆を構えた。実に一ヶ月以上振りに、速水は北条と向き合った。それまで会話も難なくしてきたが、この美貌に気圧される感覚と肌を合わせるのは久々だった。

慎ましい脚に支えられた体軀は、やはり見事だった。優れた肩幅と険しくも麗しい両の腕が、彫刻のような冷たい安心を与える。顔が素晴らしい。自然の明媚さを彷彿とさせる壮麗な顔立ちである。薄い唇と通った鼻筋に、あの眼差が加わることで、常に憂愁《ゆうしゅう》が漂い続ける。どれだけ絶望や幻滅に目が眩《くら》もうと、この神聖だけはただひたすらに恒久だ。美と神聖の境界が、ここまで曖昧で、ここまで明晰なことがあるだろうか。それは水平線を見ているようだった。空と海を分かつ緩い線を。

速水が着彩を続けるほどに、北条は恋をしているのか疑わしいほどに美しく思えた。もしかしたら、彼は今も汀なのかもしれない。海が空の色の反映で、青色も灰色も漂わせるように、北条が恋をしていると思ったのは、速水の自意識が反射していただけなのかもしれない。恋による無意味で無遠慮で不躾《ぶしつけ》な共感が、絶望の正体なのだろうか。瞳を深く覗く時、瞳の中に映るのは自分自身である。

自意識。北条の肖像画を描き始めたとき、速水は、観察されているという北条の自意識が邪魔で、山中に無関心を保持させるための援助を促した。思えばあれが発端である。速水は自意識すら認識の支配下に置くべきだったのだ。無関心に拘泥《こうでい》せず、自意識を是認すればよかったのだ。さすれば、この一夏の絶望は存在しなかっただろう。だが、速水は後悔などしていなかった。自分の見たいものしか見ようとしなかった弱さを、克服しようとも改善しようとも思わなかった。今、現実世界にいる北条は、速水の認識世界にいる北条と、限りなく近い。それは両者が、速水に対して、無関心を保ち続けるからである。この肖像画こそが、速水にとっての北条の一切であることは、間違いがない。そのため、端整に、豪快に、思いのままに描ききれば、それだけで良いのである。絶望も幻滅も、後からつくものだ。速水はこの一瞬は、そう信じて筆を滑らせた。

無関心の美しさは、もう喪失したのだ。ならばせめて、この一瞬だけ、この一瞬だけは、何の幻想でも幻滅でもない、ただの美を、存在の力を、認識の保証となるものを、ひたすらに、ひたすらに。

「少し、トイレに行っていいか」

「ああ」

速水は席を外し、トイレに行った。用をたしたいわけではなく、己をゆっくりと蝕《むしば》む絶望から逃れたかったからである。どれだけ理屈を捏《こ》ねようと、あの接吻がちらついて仕方ない。あの寄り添う後影がちらついて仕方ない。だが、もう少しなのだ。もう少し耐えれば、あとは破滅が救ってくれるはずである。

鏡を見た。脂汗《あぶらあせ》が酷かった。

望みもし、恐れもした絶望が、眼前に展開され、遍満し大地の勾配を埋めようとも、ああこれが絶望か、と慣れ親しんだ家族の顔を眺めるような気持ちしか、速水には湧いてこなかった。ただゆっくりと、それでいて確かな心地をもって絶望していた。そんな絶望なら耐えられるはずだと、速水は自分を鼓舞してトイレを出た。

美術室のドアが少し開いていた。閉め忘れてしまったらしい。速水はその隙間から、座っている北条を垣間見た。無関心の花がそこに咲いていた。その花は、いつの日か果実を実らせるだろう。その果実はあまりに芳潤に熟れているから、速やかに喰らわなくては直《ただ》ちに腐ってしまう。腐った果実から現出した、かつては潜在的だった種は、果肉の水分に艶めいて、いつの日にか芽吹き花を咲かせるだろう。永遠とは、そのことを言うのだろうか。それとも今、ここで北条を覗き見るように、果実を喰らったその瞬間のことを言うのだろうか。

速水は無意識のうちに、認識に対する認識が遷移《せんい》していることに気がついた。かつて速水の認識は現実の「観測」もしくは「観察」であったのだが、いつの間にか、あの幻滅の瞬間か接吻の瞬間かに「窃視《せっし》」こそが速水の認識に成り代わってしまった。相手に認識されず、相手を認識すること。それが今まさに行っている、扉の隙間から盗み見ることである。自分が仮面をつけたがるのは、仮面の目元にあいた穴から、常に何かを「覗き見たかった」からなのかもしれない、と速水は確信に近い考えを得た。

「お待たせ。もうすぐ終わるよ」

「そう」

速水は筆を手に取った。完全なる美への挑戦も、破滅も、恋も、認識も、美も、何もかもがどうでもよく感じた。それは、どうでもよく感じているふり、なのかもしれないが、とにもかくにも速水は諦観を得た気になっていた。ただ描くべきだから描くのである。救済も決着も、もはや幻想だ。幻想なのだから、望んだ時点で手に入らないことは自明である。何かを得るためには、それを得たいと思わないことである。人間の本質、ないものねだりは、成就がなされた瞬間に矛盾が生じるのだから、人間が常にないものを望むのならば、それは永遠に手に入らないということを示唆するのだ。

「なあ。北条」

「なに？」

「どうして山中なんだ」

「どうしてって？」

「山中と付き合った理由だよ」

全てどうでもいいと言いながら、こんな質問をする自分が速水にはわからなかった。きっとまた、肉体が精神に追いついていないせいだと思った。

質問しておきたいことは、他にもあった。『恋を自覚する五つの条件』の五つ目を北条は何と言うつもりだったのか。山中との接吻の感想は。水難事故にあった北条が奄美大島の海を見たら何を思うのか。しかし、声となってこの世に顕現したのは、世にも下らない質問だった。だが、それで良かったのかもしれない。胸中に潜むこれらの質問をしたところで、北条は動揺の色すら滲《にじ》ませずに、いつもの平淡な声色で「覚えてない。忘れた。わからない」と本心から答えるだろう。だが、もしそれ以外の答えが返ってきたら。その時、速水はきっと——

「そうだな。なんでだろう」

「理由なんて、ないのか？」

「そうだね。ないのかもしれない」

速水が安心して黙っていると、北条はニカッと笑った。

「でも、恋ってそういうものだろ」

はっきりと聞こえた「恋」という言葉に、速水は愕然《がくぜん》とした。白い強烈な歯が、花火より色濃く瞳に残った。

口の中で、強烈な苦味《にがみ》が迸《ほとばし》った。花火を見終わった後に感じた、溝のような感情が、喉を這いずり口腔内にまで迫り上がってきたからである。

「……そうか。……そうだな。そうだな」

それからの速水の記憶は曖昧で、気がつくと一日が終わっていた。ただ一つ確実なことは、その日ようやく、一枚の肖像画が完成したことである。

九

八月初頭の話である。速水が北条に幻滅した頃に、矢谷は予備校に入り浸っていた。夏期講習では午前九時から休憩や講評会を含めて午後八時まで、一日九時間ほど絵を描く。講評会では無慙《むざん》な結果に的確な批評が下される。肉体的にも精神的にも参る人間が多かったが、矢谷は不可能を熟知していたため、好評による歓喜とも批判による落胆とも無縁な、稀有な人間だった。

「矢谷くんってホントすごいよね」

塩ラーメンを食べていると、対面に座る七瀬が言った。付き合って半年の日に来て以来、二人は足繁くこの店に通っていた。

「すごいって、何が？」

「ほら先生って結構キツイこと言うじゃん。でも矢谷くんは全然ヘコまないし、いっつも堂々としてる。自分を持ってるっていうか、そういうとこ憧れちゃう」

作品を褒められるのは好きだったが、大したこともないのに自己が褒められるのは、矢谷の好みではなかった。芸術家に求められるのは作品であり、その姿勢やら精神やらを評価される傾向を矢谷は嫌った。作品と作者を透明な壁で隔てる矢谷は、作品に作者の精神が宿るという考えも当然嫌った。作品とは作者の精神が結晶となってできるのではない。ただ、ふと思いついた、精神と呼ぶほどに吟味《ぎんみ》していない脳味噌の中を、記号化して現出させたものが矢谷にとっての「作品」だった。作品と作者の関係というものは、その程度である。枕に抜け落ちる髪の毛の長さがそれぞれ違ったり、切った爪の大きさが先週のそれと同一でないように、まるで美しくある必要のない、まるで何一つ主張することのない、ただそこに存在するだけの物象の適当な加減というものを、可能な限り客観的にかつ丁寧に描くこと。自己表現でも観察でもない、思想なき存在の具現《ぐげん》。意義も意味もない虚無的な美の原初的容色《ようしょく》。何一つ語る必要のない完成形。それこそが、矢谷の好む傾きを持った芸術である。尤も、その偏見は芸術家は決して芸術たりえないという矢谷の持論に根ざしていた。人が芸術となるにはどうしても人工的な工程を挟むもので、人工の芸術には芸術的な意匠が施されなくてはならないが、人間が己にそれを施そうとしたときの白々しさは、どんなに巧妙に隠されようとも矢谷の目には浮き彫りだった。芸術的な生き方を望んだ時点で、その芸術家は芸術に拒まれる。

そんな彼が、自身を「芸術家」という一つの作品として評価することを許す唯一の相手は、速水だけである。無遠慮に、それでいて尊重しながら許し合うこと。それが二人のささやかな友情だった。

「そんなことか。別にすごくないよ」

「いやすごいよ」

「面倒くさがり屋だから、色々気にしてないだけ」

「すごいことだからね、気にしないって」

七瀬は笑っていた。彼女は綺麗な顔をしていた。整った眉を持ち、瞳は常に澄んでいて、鼻も下品でない程度に高かった。肌理《きめ》細《こま》かな白い頬は単純な若さを表し、唇は仄かに赤い。そういう単純な絵にしやすい美しさが彼女の顔には溢れていた。

「すごいっていうなら絵のほうを褒めてほしいよ」

「作品についてはよくわからないわ。私ってあまり目が肥《こ》えていないから。美術館行っても、ちんぷんかんぷんだし」

自身の無知や欠点を赤裸々に、臆面もなく語りたがるのが若さの嫌なところである。そして若さを失うと、人は知らないことに得意になったり、知ったかぶったりすることに飽きて、今度は知っていることすら知らないように振る舞う。そうしているうちに、人は年をとり、忘却し、本当に何一つ覚えてはおらず、何一つ覚えようともしなくなるのだ。

「そっか。なら今度一緒に美術館にでも行こう」

「行きたい行きたい。解説してくれるの？」

「時代背景だとか、作者本人が言おうと批評家が言おうと同じくらい薄ら寒い作品の意味だとかは解説できないけど、その構図だとか色彩感覚だとか、勉強的な視点でなら解説できるよ」

「ありがと。楽しみ」

七瀬はよく笑った。可愛いな、と矢谷は思いながら麺を啜った。

「そうだ。今日の講評会といえば、棚橋さんの絵なんかは素晴らしかった。彼女の絵の巧《うま》さといったらないね」

「私は嫌い。何だか辛気臭くて」

七瀬は露骨に顔を歪めた。飲食店でそんな顔をするのは、提供されたご飯が不味《まず》いときだと決まっているので、矢谷は一瞬、目の前のラーメンの味が落ちたように錯覚した。

「そんな顔するなよ。辛気臭いけど、あれは巧妙な辛気臭さだったろ。彼女の絵が好きか嫌いかは扠措《さてお》き、表現に長けた絵であることに変わりない」

「でも、あんな女が描く絵なんてどうでもいいわ」

人が「どうでもいい」と態々《わざわざ》発言するのは、大抵、どうでもよくないことをどうでもよいと思いたがるためであるが、七瀬はそのことに無自覚であるらしかった。そしてその発言は、今度は矢谷に不快な顔をさせた。

「棚橋さんと棚橋さんの作品は別だ。人間には一貫性がなくたって構わないが、作品は完成した状態で時が止まるのだから一貫性がある。でもそれらを同一視すると、忽《たちま》ち作品の持つ一貫性は毒され、酷く人間臭くなるんだ。それは非常に愚かな物の見方だ。つまり、彼女を嫌いだということを、彼女の作品を蔑む理由にするのは愚かな理屈だ」

「作品だって見る人によって感じ方が変わるんだから、一貫性なんてないじゃない。矢谷くんは画家志望でよかった。あなたがもし小説家志望なら、そんな考え捨てなきゃ」

「どうして？」

「だって矢谷くんの書く話はつまらなそう。時代とか意味とかを無視して独善的な美を追求するだけなら、あなたのそれは小説じゃなくて叙情詩でしょ」

七瀬は意図してか不明だが、時折正鵠を射た批評をぶつけることがあった。しかし矢谷は例に洩れず、その批評を鑑《かんが》みつつも気に病むことはなかった。

「随分芯《しん》食《く》ったこと言うじゃないか。君の言う通り、僕に物書きの才能はないのだろうね」

「その代わり、絵の才能はピカ一でしょ」

「棚橋さんもね」

七瀬は再び顔を顰《しか》めた。

「もう止めて。とにかく嫌なの。あの女」

論理ではなく感情でしか解決できないような事柄が、七瀬と付き合ってから多くなったと矢谷は感じた。涙で解決するような問題なら、解決しないほうがましだった。

「どうしてそんなに？」

「……だってあの子、矢谷くんに惚《ほ》れてるもの」

予期していなかったことに一瞬硬直しつつも、動揺はしなかった矢谷は「なんで？」とすぐに訊いた。

「この前、矢谷くんと一緒に予備校来たときもホッペ赤くしてたし、石膏《せっこう》デッサンでも矢谷くんの少し後ろか横に座ってるし、それに……」

「それに？」

「それに、この前の夜間授業が終わって帰ろうと思ったら偶々落ちてたスケッチブックを見つけて、名前を確認する前に見てみたら、矢谷くんの肖像画？　みたいなのが沢山描かれてて。それも酷いの。本当に悪趣味で。ナイフで切られてたり、片目がなかったり、死にはしてないけど、死ぬこと以上に苦しめてる絵で。

そのスケッチブック、名前を確認したら棚橋美穂のでね。翌日アイツに返したら表情一つ変えないで「ありがとう」って。本当怖かったんだから」

「なるほど」

この一連の話を、矢谷はまるで他人事のように聞いていた。視線をどんぶりに移して残り少ないラーメンを啜ると、七瀬が自身の発想を、もはや発明のように思い紛う口調で言った。

「そうだ。棚橋に痛い目見せましょ」

「痛い目？」

　くだらないと思ったが、それを言ったところで何一つ意味がないことを知っていたので、矢谷は口を噤《つぐ》んでただ七瀬の話を待った。

「そう。痛い目。アイツは矢谷くんのことが好きだから、きっと矢谷くんから歩み寄ればすぐに調子に乗る。少しの間でいいの。一緒にデートしたりして、その気があると思わせて、アイツが告《こく》ってきたトコで振るの。もしアイツが矢谷くんを傷つけたら、傷害罪で訴えればいいし、それはアイツが悪いんだから仕方ない」

「思いつきで喋《しゃべ》ってるでしょ」

「まあ、そうだけど。ちょっとでいいの。そしたらもうアイツ、矢谷くんのこと諦めるはずだから」

　矢谷は黙った。それは逡巡ではなく、ただただ呆れていただけだった。だが特に断る理由もなく、綺麗な絵を描く棚橋と仲良くなりたいとも思っていたから「いいよ」と返事をしようとした矢先「あ。やっぱダメ」と七瀬が遮った。

「なんで？」

「だって、アイツ矢谷くんのこと殺すかも」

「ハハハハ。それはないよ。言ったろ、作品と作者は別だ。混同しちゃいけない」

「痛い目見るのは、矢谷くんのほうかもよ」

「物理的にか。いいよ。やろう。棚橋さんと仲良くなって、あっちから告白してきたところを振ればいいんだろ」

「本当に大丈夫？　気遣ってない？」

「僕が人に気を遣うとでも？」

矢谷は笑った。七瀬も呼応するように笑った。振った時や、こんな杜撰な計画がバレた時に恨まれて殺されるかもしれないことを、七瀬は考慮していなかった。そういう適当さが、矢谷の好みだった。

ラーメンを食べ終わったので、矢谷は財布を開けた。七瀬は小銭があったらしく、今回は二人ともちょうどの金額を出すことができた。

八月の色濃い夜の帰路にて、二人は並んで歩いた。重厚な空気の塊《かたまり》の中を進むようにして、街灯の光を頼りに道を辿った。

「でもよかった」

「棚橋さんのこと？」

「いいや。矢谷くん味噌派だったのに、今じゃすっかり塩派になってくれたこと。やっぱり好きなものが同じになるって、嬉しいね」

少し前、矢谷を「自分を持ってる」と称したことを七瀬は忘れているらしかった。それと等しく、矢谷も自分が味噌派だったということを言われる瞬間まで忘れていた。

その日以降、矢谷は棚橋に積極的に声をかけた。専《もっぱ》ら絵についての話題だったが、波及して趣味や私生活や前日の夕食についてなど些細な話もした。初めのうちは棚橋は顔を赧《あか》め、返答も短かったが、次第に会話らしい会話ができるようになっていた。

そうして幾日かを経て、八月の末に矢谷と棚橋は一緒に夏祭りに行くことになった。本来七瀬と共に行くはずだった夏祭りだが、棚橋が中々告白の素振りを見せないため、計画は思いの外長引いていた。

午後六時半に駅で待ち合わせ、二人は眩《まばゆ》い屋台が連なる大通りへ向かった。着くと、そこは絶えず何かが焼ける匂いと、その薄い煙と安っぽい色彩の光に侵された夜闇《よやみ》を行き交う人々で満ちていた。

棚橋は珍しく明るかった。浴衣を着るような趣向の持ち主ではなかったが、それでも自身の長身にあった服装を選んでいた。その天真爛漫な様子で、人混みに嫌気が差した矢谷の手を引き、射的《しゃてき》やかき氷屋に連れて行った。それから焼きそばや林檎《りんご》飴《あめ》を買い、少し落ち着いた所で食べると、時刻はあっという間に午後八時を回った。

「八時半から花火が上がるみたいだ」

「そう。楽しみ」

棚橋は微笑んだ。笑うとその顔は余計醜かった。眉は短く太く、目は細くもなく大きくもなく、頬は痩《こ》けており、耳の形も美しくない。唇は機嫌が悪いように突き出ており、極めつきはその鼻で、それが顔全体の均衡を崩している。低く、権高《けんだか》な様子で上に向いた鼻頭《はながしら》のせいで、正面から見える鼻孔《びこう》が特に酷かった。だが髪は美しかった。長く、黒く、艶めかしいその髪は、いつも花のような香りを漂わせていた。

少しの沈黙があった。寂寞とした空気が場を占領すると、棚橋は矢谷の顔をよく見た。

矢谷の顔には特徴らしい特徴はなかった。額にも、眉にも、目にも、鼻にも、唇にも、頬にも、耳にも、輪郭にも、彼の風貌の要素の一つ一つには些少《さしょう》の思想も宿ってはいなかった。ただその思想なき部分部分が、太陽系の惑星がそうであるように、人為を超越した秩序でもって配置されることで、面差しが全体として何らかの思想を表明しているような気を与えた。要するに、彼は所謂《いわゆる》整った顔立ちをしていた。

自身の顔を見つめる視線を図らずとも認知してしまった矢谷は、苦しげな視線を少しでも楽にさせるため、まるで無関係な方向を眺めた。

すると、二人より少し年上と思しき五人の男らと目が合い、その連中が此方《こちら》へと向かってきた。

「なあ。兄ちゃん。金持ってる？　俺財布落としちゃってさ」

「そうそう。コイツ可哀想でしょ。ちょっと恵んでよ」

大人びた顔をしている矢谷と長身の棚橋は、些か年上に見えたらしかった。それでも謙《へりくだ》ることなく、自身の要求を迂遠《うえん》ながらも有無を言わさずに通す威圧を含んだ男らの眼光が、矢谷には棚橋より醜く思えた。

その若者らは、皆馬鹿ばかりに見えた。終日虚無に襲われながら、それを自覚しないために若さと希望を必要以上に誇示し、精神的弱さや病理的懊悩《おうのう》をこぞって語り合いたがる黴臭《かびくさ》い連中に負けじと、己の体臭の黴臭さを周囲に撒き散らしながら叫ぶことで空虚を解消しようという、人生に意味や目的があると漠然と信じながら、多くの人間の存在には生来の意味や目的など毛頭ないことを自分らに顧みて自覚しない、勉強嫌いで努力をしない間抜けな輩《やから》。何かを嫌うことで特別になれると本気で信じているその眼光に、本人たちすら自覚しえない自己嫌悪が宿っていることを矢谷は長々と皮肉的な言葉を用いて説明してやろうかと思ったが、あまりに気乗りしないのでやめた。

「なあ。なに無視してんの」

「お前調子乗ってんだろ」

「いいから金だせよ」

矢谷は無視をしていた。殴られることも予期したが、手と目が無事なら絵は描けるのでどうにかなると思っていた。

「チッ。ふざけやがって。ブスな女連れてよくそんな澄ました顔ができたな」

一人がそう言うと、およそ自我と呼ぶに相応しい主体性のない他の奴らは一斉に棚橋の顔を凝視し、そのあまりの醜さを口々に嘲った。

「うわ。ビーバーみたいな顔してる」

「よくこんなん彼女にすんな。コイツに興奮すんの？」

「キッモ」

「何の罰ゲームだよ」

棚橋は矢谷と同様に黙っていた。自身や棚橋が非難されることに、矢谷は何一つ怒りを感じなかった。そしてその若者らが最も嫌がるであろう憐憫の情も湧いてはこなかった。

ただ平静に、鷹揚《おうよう》に、眼前の人形劇のような単純で滑稽な怒りを眺め、退屈な映画の途中で腕時計を見るように時間を確認した。

「お前いつまで無視して――」

「そろそろだ」

矢谷の呟きでその男は黙った。呆気に取られた、理解不能という顔色を浮かべたかと思えば、その後方で鮮やかな色が瞬き、凄まじい轟音が鳴り響いた。幾多《いくた》もの花火が打ち上がったからである。

刹那、矢谷は棚橋の手を握り駆けた。数秒遅れて醜い声々に彩られた怒号が響いたが、それらは花火の咲いては枯れる生命の音に掻き消された。追ってくる様子はついぞなかった。退屈しのぎが趣味の連中だから、意志的に何かを追いかけることなどしないことは自明であった。

暫く進み、街灯が疎らに照らす薄暗い路地へ出ると、矢谷はその手を離した。

息も絶え絶えになりながら、棚橋を眺める。浅い呼吸を繰り返しながら膝に手を置くその姿も、若者らの評に相違なく醜かった。

「ごめん。大丈夫？」

「……うん」

「ここからじゃ花火も随分みすぼらしい。もう、今日は帰ろう」

矢谷が携帯電話を取り出し、走ってきた道程を進まないように駅へ行く方法を探ろうと思うと、その手を棚橋が摑《つか》んで制止した。矢谷はたじろぐこともなく、先程握ったものと同じとは思えないほどに温もりを感じる白い手の感触を味わった。

「なに？」

「……私の家、この近くなの。お父さんは単身赴任で、お母さんは今日夜勤だから……」

沈黙が再び場を席巻《せっけん》した。しかしそれはすぐに破られた。

「だから？」

「だから、家に来ない？」


そのマンションの一室は妙に整頓されていた。リビングは確かに清潔の合間に生活感が見られるが、棚橋本人の部屋は人間の生活とは間遠の、何か神聖な人間的な影の住処《すみか》のような部屋だった。

勉強机とベッドの他に目立った家具はなく、それらは目が眩むほどに白かった。この空間にいる自身が、何か一つのちっぽけな染みのように思えた矢谷は、落ち着かない様子で佇んだ。

「適当に座ってて。ベッドにも気にせず座っていいから」

「うん」

「何かご飯を作ってくるね」

「いいよ。さっき焼きそば食べたし」

「そう。なら私もお腹すいてないし」

そう言って棚橋は部屋に残った。

矢谷は静寂が好きだったが、棚橋はそうではないらしく、突発的に何かを喋っては短く問答し、また黙った。それが却《かえ》って静寂を際立たせていた。話している時なら納得できるが、部屋を訪れた時から、黙っていても棚橋は屢々《しばしば》頬を赤くした。矢谷にはそれが理解できなかった。

「汗かいたから、お風呂入ってこようかな」

「そう。行ってらっしゃい」

静寂の豊かな薫香《くんこう》が二度訪れてから、棚橋が部屋を出た。ドアや廊下を幾つか隔て、水流が体に弾かれては滴り、流れ続ける音が微かに聞こえた。

矢谷はふと立ち上がった。暇だったからである。机のほうを見ると、一冊のスケッチブックが置かれていた。棚橋美穂、と綺麗な字で書かれていた。

矢谷はそれを手に取り、無感動に捲《めく》った。

そこには確かに自身の姿があった。顔には傷ひとつないのに、背や腹には痛ましい傷痕が一筋一筋《ひとすじひとすじ》重ねるように描かれていた。巧妙な、計算された配置で割かれた創痍《そうい》だと矢谷は思った。全て鉛筆画だったが、鋭い刃物で肌を切り、数週間か数ヶ月かを経た頃の葡萄色《ぶどういろ》の傷痕がありありと見えた。

次の頁には片目のない自分がいた。抉《えぐ》られた眼球を右手の親指、人差指、中指で摘《つま》みながら、かつて眼球のあった空虚から滴る血液を、悪戯《いたずら》な微笑を浮かべ舌を出して舐めている。

さらに頁を捲ると、そこには全裸の自分がいて、腹を裂かれて溢れた臓物を両手で零《こぼ》れないように抱える姿が、大変写実的に表現されていた。外気に晒されながらも内的であった頃の温もりを携え、意識すらしえなかった重量を意識せざるをえない抵抗を持った臓物の質感が、落日のように、恐ろしく澄んだ空間に据えられていた。

机の側《そば》で立ったまま見ていたそれを、今度は椅子に腰掛けて見た。また立ち上がり見た。部屋を歩き回りながら見た。立ち止まって見た。ベッドに座りながら見た。ベッドに横になって見た。起き上がり、再びベッドに座りながら見た。

突如、扉が開いた。随分と長い時間を鑑賞に費やしていたことを、矢谷はその時に知った。焦ることも悪怯れることも恐怖することもなく、いつもの平坦《へいたん》な様子でパジャマ姿の棚橋を眺めた。

「見たの、それ?」

何一つ驚愕した様子を見せずに問う棚橋に、矢谷のほうが驚いた。

「うん。見たよ」

「そう」

矢谷は座ったまま、

「僕をこの絵みたいにしたい?」

と自分が訊くはずのないことを訊いた。

「ううん。絵は絵だもの。実際にしたくなんかない」

棚橋は笑った。醜い顔がさらに醜くなり、それを綺麗だとは微塵も思わなかった。

「どうして私がそんな絵を描いたと思う?」

「美しいからでしょ」

棚橋を見つめながら即答する矢谷に、彼女は満足したように頷いた。二人の視線が交わるのは、これが初めてかもしれなかった。二人はそのまま微笑み合い、棚橋が矢谷の横に座ってスケッチブックを覗き込んだ。シャンプーの良い香りが、矢谷の鼻孔を擽《くすぐ》った。

気づけば棚橋は矢谷の髪を撫でていた。

「艶があって、綺麗な髪」

棚橋は言った。

「僕も君に同じことを思っていたよ」

矢谷は言った。

暫くそのまま時が過ぎた。まだ、告白はされなかった。

九月初頭に、矢谷は久々に七瀬とラーメン屋に来ていた。誘うことは少ないが、誘われれば基本的に来る男だった。

いつも通りラーメンを食べながらの談笑中、七瀬が唐突に訊いた。

「そういえば、棚橋の件はどう？　一緒に夏祭りに行ったんでしょ」

「ああ。告白はされなかったから、まだ振ることはできてないんだ」

「そう。残念」

「でもキスとセックスはしたよ」

「え？」

七瀬は目を丸くした。

「なんて、言ったの？」

「キスとセックスをした。棚橋さんと」

矢谷の平常な様子から、嘘でないことを悟った七瀬の顔は明らかに曇った。そうかと思えば途端に赤くなり、その瞳には確実な怒気が立ち込めていた。

「どうして。なんでそんなことしたの？」

表情に似合わず、彼女の声は理知的だった。

「どうしてって。君が言ったろ。その気にさせて、告白してきたところを振るって。棚橋さんから告白させるには、必要なことだった」

「私達付き合ってるんだよ。なんでそんなことできるの？」

「理由は今言ったろ。それにこの段階まで来て振れば、君の言った痛い目を見せるのに十分だ」

「……矢谷くんって、私が初めての彼女だったんでしょ」

「そうだけど」

「私達、まだキスもしてないわ」

「そうだね」

「どうして。ファーストキスも初めても、どうしてあんなブスに明け渡してしまったの。私のこと愛してないの？」

「愛してなきゃ君のためにこんなことしないよ」

「嘘。私がいつ棚橋とセックスしろなんて言った？」

「嘘じゃない。セックスしろとは確かに言われていない。だが君の望みを叶える、つまり痛い目を見せるのにベストな選択であることは間違いないだろ。

それに、これは本当に君が言ったことだけれど、大切なのは数なんだろ。だったら今日以降、君と僕とが二回以上キスとセックスをすればそれで済む話じゃないか」

「そういう話じゃないでしょ」

「そういう話だよ。現に僕は君の彼氏なわけで、愛しているのも君一人だ」

二人は黙った。この痛切な沈黙も、夏祭りの心地よい沈黙も、矢谷には本質的に同種のものに思えた。

矢谷の発言は全て本心だった。彼には七瀬を傷つける意図もなく、ただ事実を伝える役目のみを全うしていた。当然、矢谷が七瀬を愛しているということも、矢谷からしてみれば事実であることに間違いはなかった。だからこそ七瀬の静かな怒りの理由を、矢谷はどこか釈然としない面持ちで眺めていた。

矢谷は自他に拘《こだわ》らなかった。執着も強制もなく、彼はただ他人が好きだった。矢谷にとって、他人とはまるで雨のような存在だった。雨雲は広大な範囲を覆うが、自身の髪や衣服を濡らす雨粒は雨の幾らかでしかない。他人は絶えず押し寄せ、そのうちの数人が矢谷と何かしらの関係を持つ。濡らして不快感を与えるか、寄り添って共感を与えるか。しかしどの雨粒も、次の日には乾いてしまう。矢谷は自身のどの部分がどれほど濡れているのか、濡れたその時に意識することはなく、次の日には濡れたことすら覚えていない。

自身を束縛するような自分なりの思想を持たないのは、矢谷のこのような特質のせいだった。他人の受け売りの思想を、さも己から生まれたもののように堂々と語り、それに悪怯れることも恥じらうこともない。他人の思想を他人の思想のまま享受し、我物《わがもの》にできる心地よさ。そして他人が後生《ごしょう》大事に忍ばせる思想を、他人の思想という理由で容易く屑入れに投げ入れられる軽快さ。矢谷はそれを熟知していた。だからこそ、彼は自分より他人が好きだった。他人を愛するということは、自分を愛することと何も違わなかったのだ。自他の境界を曖昧にするような矢谷の思想なき思想、彼の持つ唯一自分なりの趣向は、彼に自他を愛することを容易にさせた。

自分を愛するように他人を愛せる矢谷は、真に隣人愛を体現していたのだが、多くの人、少なくとも七瀬の目には彼が不貞《ふてい》の極みを尽くす、ただ性的欲求を晴らせれば相手に頓着しない痴《し》れ者に映った。博愛と娼婦の持つ愛がよく似ていることを、七瀬は知らなかった。

「最低ね。あなた。この期《ご》に及んでまだ愛してるって抜かすなんて」

重い沈黙を七瀬は破った。その瞳に先程の怒りはなく、悲哀と涙が浮かんでいた。矢谷は、まるで窓外《そうがい》に付着した、水分そのものであるのに人を濡らすことなどゆめない雨粒を眺めるような心境で、無感動に彼女の涙を見た。七瀬の涙に対し、彼は戸惑いも感動もしなかった。矢谷はその事実を悟り、自身の愛を不審がるのではなく、自身の立場が変化したのだと納得した。

「なるほど。確かに僕の愛は君からすれば愛ではないのだろう。愛であって愛ではないもの、いや、愛に限らずあらゆる観念や概念は、どの見地から見るかでまるで違った内容を秘めるように思える。僕が愛というものは、確かに僕の見地から見れば愛らしく見える。でも君の見地、僕以外の誰かのとある見地からは愛には見えず、それどころかその対極の観念に見えることもある。それは一方が事実を見紛っているのではなく、双方の認識が正しいからこそ起こる必然的な軋轢《あつれき》だ。起こるべくして起こる齟齬《そご》だ。

つまり、僕は君を愛している。君がどう認識しようと、それに変わりはない」

七瀬の涙を湛えた眼差は矢谷を睨んだ。

「どうでもいい。そんな講釈。あなたが私を愛してるかどうかなんて、ホント些細なことにすぎないから。問題は、私があなたを愛せなくなったことだから」

少しの沈黙の後、七瀬は決意を固めたように、

「もういいわ。もう別れましょ」

と明朗に言い放った。

「そう。ならそうしよう」

あまりに平調《へいちょう》に答える矢谷の態度を強がりだと誤認した七瀬は、しめたといった風に語り

始めた。

「清々《せいせい》する。私は他の男の人と絶対に幸せになるから。あなた以外の男と幸せになって、あなたのことなんてすぐに忘れてしまうから」

「そう」

矢谷は表情一つ変えなかった。明朗ささえ垣間見えた七瀬の声色には、またしても強い憎悪と悲哀が含有された。

「……なによ。なんなのその態度」

「どうして怒ってるの？」

「あなたが怒らないからよ。なんでそんな澄ました顔ができるの。私が他の男のものになっても、あなたは何も思わないの。なんで怒らないの」

「怒る理由がないのに怒るなんて可笑しいだろ」

矢谷は少し笑った。

「……そう。そうね。思い返せばそうだった。もっと早く気がつくべきだった。あなたの笑顔は何度か見たことがあるけど、あなたが涙を流すことも怒るところも、私は見たことがなかった。

はじめから、愛されてなんていなかった」

「僕はね、別離に涙を流すことが愛のせいなら、その涙を堪《こら》えるのも愛のせいだと思うよ」

「確かにね。でもあなたに元々、堪えるべき涙なんてものがあるの？　あなたには涙がない。あるのは血だけよ」

ぐうの音《ね》も出ないので、矢谷は黙っておいた。

それから思い出したかのように「ごめん」と言うと、頬に痛烈なビンタを喰らった。周囲の客が二人に注目したが、それを恥だと感じる二人ではなかった。白い頬が仄かに赤みがかる様を見下すように眺め、七瀬は吐き捨てるように、

「そういうとこ」

と言って店を出た。矢谷は追わずに、もう伸びた塩ラーメンを啜った。


数日後、予備校から最寄り駅までの道中、矢谷は棚橋と連れだっていた。七瀬の頼みも有耶無耶《うやむや》になったので、棚橋と一緒にいる理由が矢谷にはなかったが、一緒にいない理由もないので誘われれば共に帰った。その道すがら、とうとう告白された。七瀬と付き合っていた頃は断る理由はふんだんにあったが、そうでない現在、矢谷は簡単に了承した。棚橋の醜い顔に笑みが満ちた。

矢谷は思い切ることもなく、何一つ勿体《もったい》ぶらず、自身が棚橋に近づいた経緯を話した。棚

橋を誑《たぶら》かし、振るつもりだったことを告げても、棚橋は幸せそうな笑顔を崩さなかった。

「私はいいの。矢谷くんが私のことを愛してくれなくても」

「そう。でも君は勘違いしてるよ。僕は君を愛してる。これが愛じゃないなら、今までもこれからも、僕が人を愛することはないだろう」

矢谷が愛という言葉を軽々しく使えるのは、世間で重要と見做《みな》されていることが彼の中で鴻毛《こうもう》のように軽いものだったからではなく、世間にとっての重要も軽薄も、彼の中では同じ質量で存在し、彼の中で重要、もしくは軽薄と見做されていることの重さは、世間で鴻毛のように軽々しく取り扱われていることの重さと差異なかったからである。だからこそこの発言も、矢谷にとっては本心だった。

「そうでしょ。矢谷くんは何も愛さない人でしょ。だから安心できるの。だってあなた、私のことなんて、いいえ、何一つ真実らしいものなんて、見てないじゃない」

街灯が棚橋の美しい髪を艶めかしく照らした。矢谷は、何もかもを愛するということは、何一つ愛さないことと等しいのだという陳腐《ちんぷ》な通説がいかに正当か、ようやく気がついた。だがその気づきの遅さに後悔するような人間ではないから、ただ綺麗な髪だけを眺め、

「案外長続きするかもね、僕たち」

と悪戯な笑顔を浮かべてみせた。

十

「ねえ速水。北条くんと何かあったの？」

美術室で黙々と絵を描いていると、堰《せき》を切ったように山中が訊いてきた。面倒に思った速水は冷たくあしらった。

「何かって？」

「北条くんが言ってたの。最近速水が少しだけ冷たいって」

「考えすぎだって伝えとけ。そうか。アイツがそんなことを言うようになったのか」

「まあ彼女としては、北条くんに頼りにされて嬉しかったけど」

速水は筆を止めて「なあ」と言った。思ったより強い口調で飛び出した言葉に、速水のほうが嫌悪を覚えた。少したじろいだ山中は、神妙な面持ちで速水を見た。

「ずっと気になってたんだが、北条「くん」なのか」

「……ちょ、やめてよ。恥ずかしい。こっちにはこっちのペースがあるの。余計な茶々いれちゃダメだからね」

虚を衝《つ》かれたのか、山中は笑い声混じりに答えた。速水も笑顔を浮かべ「ごめんごめん」

と、筆を強く握りしめながら言った。

山中が帰ってからも、速水が考えることは間近に迫った修学旅行のことではなく、北条のことである。初めて話した時の北条は、速水に「くん、はやめてくれ」と言ったのだ。それが山中には適用されていない。どうしてか。理由はいくら考えてもわからない。北条という男が何なのか、彼にはついぞわからなかった。だが破滅とは本来、そういう身勝手な心意気で人を殺すのだ。破滅なぞ夢見ない人間にこそ破滅は微笑を投げかけ、破滅の兆候がまるで感じられない平穏にこそ、破滅の前兆が潜んでいる。どこで間違えたのか。これから間違えるのか。速水は窓に区切られた空を見ながら考えた。

夕闇は溶けるようで、夜に侵されつつある紺色と、陽《ひ》の名残とも言える茜色は見事な対照をなした。速水は自分の人生は行動というものと無縁であると信じ切っていた。夢想に生きるからこそ現実と間遠に生活できたというより、現実も夢想も、ただ見るだけの存在だったからである。速水は見るだけだった。海は眺めるのみで入水《にゅうすい》せず、山は描くのみで登ることはない。此岸《しがん》と彼岸《ひがん》に懸け橋など不要であり、狭間の河川が上流から下流へ、自然的な律動を繰り返すだけでよかった。だからこそ、あらゆる行為も存在も、事件も悲哀も、対岸の火事として認識できた。恋に酔うことなど毛頭なく、ただ客観的に生きられると信じていた。

しかし、対岸の火は今この足を焼いている。一体いつから？　きっと初めからである。熱も色もないその火炎は、認識されることで初めて熱と色を取り戻した。今、心中に渦巻く黒色の感情の澱を、速水はそのように考えた。血管を通《かよ》い、肉体の細部にまで行き届いて瀰漫《びまん》する精神が、存在しているようにも思えるし、存在していないようにも思えるのだ。そう考えると、もはや行動と無縁であるとは言いがたかった。

まさか自分が行動を起こそうとするなんて、と速水は思った。変わることも、変えることもなく、ただ変えられるだけの人生だったはずだが、今や自身の悪意が何かを変えようと藻掻いている。必死に藻掻き、やっと海面から顔を上げたその表情は、決まって醜悪だ。意志は、特に生きようとする意志は、醜くて仕方のないものである。ゆえに北条は美しかったのだ。だがそれも過去だ。今や完全なる美への挑戦は終了した。醜くも気高いあの挑戦に、破滅はなかった。少なくとも自身の求める破滅は。そして認識の勝利という多幸感もなく、無効試合のような興醒めだけが灰燼《かいじん》となった。失恋の悲しみや、失意の怒りによって、何もかも滅茶苦茶にしてしまおうかと思ったが、感情に身を任せるには、感情があまりに不甲斐ない。肉体は元《もと》より信用に足らない。未だ信じられるもの、縋《すが》れるものは、美しかないのかもしれない。あれほど憎み、慄《おのの》いた美だけが、己に手を差し伸べてくれる唯一である。自身を幸福にするものと、不幸にするものとは、酷く似ているものである。そしてそれは、自分とは程遠い場所で佇んでいる。

速水は立ち上がり、肖像画をキャンバスバッグに入れた。逡巡しながらも、今朝このバッグを持ち運んできた計画性と律儀さに、我ながら嫌気が差した。これから起こそうとする行動に、躊躇いも悔いもあった。だが踏み止まるわけにもいかず、ただ目に映るものだけを信じる性分を不変に、美の破滅をしっかりと見届けなくてはいけない。盗み見ることなどせず、しっかりとその破滅を観察するために、この行動は正当性なく行われるのだ。生きることと、死ぬことと、等しくして、ただ自分のためだけに起こす行動である。


午後六時半に最寄りのディスカウントショップに寄ってナイフとマッチを買った。数学のノートが残り数頁できれてしまうが、買い足すことはしなかった。

そのまま北条の肖像画を持って、近くの河川敷までやって来た。ここに来るのは夏祭りの日以来だった。あの日の人混みが嘘のように、茂る草と河川の唸《うな》りだけが広がっていた。

火が雑草に燃え移るといけないので、河川に近く、無数の石が犇《ひし》めいている河原にキャンバスを置いた。風はないが、なるべく草叢《くさむら》からは離れることにした。こんな状況でも陶酔や情熱から一歩引いてしまう自分に、速水は内心辟易《へきえき》していた。破滅を求めているのは、安寧への期待の裏返しかもしれないと思ったが、そんな頓珍漢な考えはよぎるだけで即座に忘れ去られた。

九月の午後七時ということもあり、辺りは薄闇が広がる程度だったが、人通りも少ないので始めることにした。

マッチを擦る。箱の側面の赤リンを剝《は》がした頭は忽ち燃えた。速水は顫動する炎を凝視した。

「おい。速水。何やってるの」

驚きと同時に着火したマッチを川へ投げ入れた。素早く声の主がいる土手の勾配を見た。それは聞き慣れた声だった。

そこには矢谷と見知らぬ女が立っていた。その女は背が高く、スラリとした肉体と醜い顔を持っていて、その風貌には薄闇を撥《は》ね除《の》けるキツさがあった。

「部長。どうして、ここに？」声色には安堵が滲んだ。

「もう部長じゃないよ」

「いや部長ですよ。俺にとってはずっと」

「君はそういう奴だったな。これから予備校なんだけど、彼女の家がこっちの方面でね。夜は暗くて怖いって言うもんだから、迎えに来たんだ」

矢谷は思い出したかのように「僕の彼女の棚橋美穂さん」と速水から見て左横にいた醜い

女を紹介した。醜さには驚いたが、矢谷の彼女が醜いということには、速水は驚かなかった。矢谷は女性を顔で選ぶ人間ではない、というより、矢谷が何かを「選ぶ」ような人間ではないことを知っていたからだった。

「はじめまして。棚橋です」

「はじめまして。後輩の速水圭一です」

「火が見えて気になったら速水がいるなんてね。それで、何をしてたんだい？」

速水が黙っているとその奥を指差した棚橋が矢谷の耳元で何かを囁《ささや》いていた。矢谷は速水の横を通り、北条の肖像画を見た。

「あっ。部長それは」

矢谷が北条と会いたくないと言っていたことを思い出した速水は制止したが、それは北条ではなく肖像画だったと思い返して再び黙った。

「上手ね。モデルもいいわ」

棚橋も近づいてまじまじと眺めて言った。それが忖度《そんたく》や遠慮から発せられる感想ではなく、本心だということを速水の直感は感じ取った。

「そうだね。上手だ」

その感想に嘘はなかった。非常に精巧な出来栄えで、速水の深い観察が結晶となっているように思えたが、どこか生命力に欠ける力のない絵だと矢谷は思った。この絵の北条を切り裂いても、鮮やかな血液が噴き出すとは矢谷には到底思えなかった。だがそれは、皮肉にも速水の完璧な認識によるものだった。もし矢谷が北条と会うことがあったなら、その美貌の内側に潜む血液を感じ取ることはありえなかっただろう。

　何かを察した矢谷は棚橋に先に行くように告げた。棚橋は夜道が怖いなどとは一言も言わずに、何の名残惜しさもなく即座に一人予備校へ向かった。声も醜かったが、感性と気品は一級品だと速水は無礼にも感心した。

「燃やす気だったのか、この絵」

「ええ。止めますか？」

「まさか。好き放題やればいい。誰かが来たら僕が口八丁手八丁で誤魔化すから、君は思うままに燃やしてしまえばいい」

「ホント、あなたの親友でよかったですよ」

　矢谷から絵を受け取り、速水は無造作にそれを砂利へ投げた。擦ったマッチを絵の中心に落とす。火は中心から刹那に燃え広がり、火に侵されたところから捲《まく》れ上がっては黒色に変わった。確かな熱を足元に感じた。爛《ただ》れた北条は叫ぶことも逃げることもしなかった。人生最大の作品が自身の手で焼失する様を眺め、速水は何かを語らずにはいられなかった。

「訊かないんですか？　燃やした理由」

燃える油絵を隣で眺める矢谷に問いかけた。

「訊かないよ。安心しろ。僕は君が失恋の悲しみだとか、北条への怒りだとか、才能の欠乏に対する幼い反抗だとかで、この素晴らしい作品を薪《まき》としてくべたわけではないことを知っている。そんな勘違いをする僕じゃない。きっと君は見たいんだ。この絵が燃える様を、ただ見ていたいんだ。君は頑固なところがあるから、燃やすと決めた以上、何があっても燃やす男だ。だが感情的になりきれず、理性までも燃やすことはできない。そのことに悩みはするけれど、悩むからこそやはり、燃やさなくてはならないと考えている。そうだろ」

「燃やさなくてはならない。そう。その通りです。すごいですね。相変わらず部長は全部お見通しだ」

「君の考えてることくらいわかるよ。僕らはかなり似ているから」

最後の会話は三ヶ月ほど前なのに、速水にはまるでそんな気がしなかった。自分が限りなく素顔でいられるのは、矢谷の前だけであるということを思い出した。それは仮面を外せるからではなく、仮面を見透かされるからである。見当外れな解釈で仮面の存在がより強固になることも確かに本望だが、それ以上に見抜かれるということが、自分にとってこんなにも心地よいとは。

速水は地べたに座った。燃え続ける絵画を間近で認識したかったからである。それを見て、矢谷も座った。

火を眺めてから数分が経過した後、速水が口を開いた。

「北条が山中と付き合いました」

「そうか。それは意外だな」矢谷の口調は落ち着いていた。

「そこで、俺は自分の恋を自覚しました」

「なるほど。それで認識が信じられなくなったか。まあ、自分の世界の瓦解は予期せず始まるものだ。君は破滅を求めているように思えたけど、僕の見当違いかな」

「いえ。事実そうです。ただこれを破滅と認めたくない。これはただの幻滅と絶望です。破滅ほど美しくない」

「確かに君は破滅を求めた。ということは破滅を夢想したということだ。幻想を抱いたということだ。君は破滅を予期していた。だが、それは破滅の存在であり、破滅がどのような色、どれほどの粘度でその身を晒すのか、そして破滅が自身を一体何処へ連れてゆくのかも、まるで予想していなかっただろう。それもそうだ。君の基盤にはいつも破滅があった。認識というものに縋るには、いつか固定観念を破壊してくれる何かが必要なんだ。そうでなくては、認識を信じることなんてできないから、世俗と自分の区別が曖昧になり、君は世界に対抗する術をまるで持たずに、ただ世界と自身の均衡が崩れる様を見るしかない。夕闇のように赤も黒も青も、雲も闇も光も平等に均《なら》してしまう。その均されるということが、まさしく崩壊なんだ。君のような人間は、破滅を意識することで初めて行動的になれる。破滅だけが永遠性を保証してくれる。だからこそ君は、滅びを前提としない美しさや、幻滅を前提としない恋愛を、もはや信用しなくなった。

だがそれは些か傲慢じゃないのかい。僕が思うにだが、北条は君が思うほど美しくなかったんだ。まあ美とは概して美しくないんだが、北条は君にとって特別だったんだろう。でも違った。美の側面に醜悪があった。それを裏切りと捉えるのは自惚《うぬぼ》れがすぎるよ。果実の外面を見る者は、果実を愛したつもりでも、その内部に潜む悪意を孕んだ種を愛してはいない。ただ種だけが、内側にある確実な、凡庸な、洗練された悪意だけが、果実全体を愛せるはずだ。認識には、恐ろしいほど自己が反映される。自分を認識しなくては、何かを見ることなんて叶わない。ゆえに夢想は認識のためにも大切だ。だが、君は夢想に拘泥しすぎている。いつからそんな夢想家になった。君は認識に生きる芸術家だろ。恋をして変わったのは、北条ではなく君のほうだったんじゃないのかい」

「仰《おっしゃ》る通りです。ですがこれはそういう認識なんです。理屈じゃないんです。燃やさなくてはならない。それだけなんです」

「思考放棄か。らしくないね」

「美は思考を略奪しますよ。部長の言ったことは確かに正論だ。ですが美にそれは通用しないんです。完全なる美には」

「君はもはや美しか信じていないのか。君は美を神格化しすぎなんだ。耽美《たんび》も度を越すと滑稽だよ。この世に例外というものはないんだ。君も僕も例外ではない。人間存在は不如意だし、生死に絶対がないように、禍福《かふく》も明暗も常に無常だ。不完全が常なるこの世界に、はたして完全なる美なんてものが存在するとでも本気で思っているのか。結局、君は自分のことしか考えていないってことさ。確かにそれは愛の初歩だが、そこに留まる人間は他人を愛することはないよ。僕が言うんだ、間違いない」

「俺は自分を例外だとは思っていません。例外は唯一、北条だけです」

「北条も人間だよ。現に彼は肉体を愛した。そういう意味では僕らより人間だ」

「部長は北条を見たことがないからそんなことが言えるんだ。だから部長にはわからない。豊満な果実を腐敗から救うのは、その果実を喰らうことだけだと。蝶を誘惑する花の嫋《たお》やかな香りが、銀蝿《ぎんばえ》を集《たか》らせる死臭に変貌を遂げるあの空虚を。完全なる美を目の当たりにしてきた俺でさえ、まだわからないんですよ。あいつが一体何者なのか。まだわからない」

「わからない？」

「ええ。俺の見ていたものが、脆弱な美なのか、毅然とした神聖なのか」

「美か神聖か。二項対立はいつだって凡庸だよ」

「認識と存在、もしくは美。永遠と破滅。俺はいつだって凡庸なりに生きてきました。例外ではないからこそ、例の外側に行けないからこそ、その外の世界を「見る」ことに魂の全てを注いだんです。果実も種子も、俺からすれば別《わ》け隔てて愛することなんて叶わないんです。見るというナイフは、果実を切り裂いて、種すら露出させてしまう。認識の様式はまさしくそれなんです。種を見てしまった以上、俺にできるのは見ることだけですから、種を摘み取ることは叶わないので、愛したいのなら種も愛さなくてはいけないんです。全てを愛せる人間が、はたして存在しますか。そうなることは美徳ですが、それは空想だから美徳でいられるのであって、実際にそんな人がいたらただの浮気者で、悪徳を一身に背負う者に見紛われるでしょう」

　言いながら、速水は未だ燃え盛る眼前の火を見た。

「そこまで言っても、君は認識を完璧に信じていない」

「ええ。ですが、美に対しては確信に近い考えを持っています。部長は、美について語り合った日のこと覚えてますか？」

「覚えてるよ」

「今なら完全に頷けます。部長の美に対する価値観。今の俺にとって美とは火です。火は絶えず揺曳《ようえい》している。揺らめいた火の端は今中心に宿る火と同一ではない。だがこれは紛れもなく一つの火だ。揺曳を続け、火同士が身を寄せ合ったと思えば離れ、どこかが雄叫びのように噴き上げれば、どこかが完璧な静止を見せるその様態は、安定しているようで不安定で、瓦解するかと思えば背筋を伸ばす。そんな息継ぎをするような火は、一つの火の中に無限の生生《しょうじょう》を宿している。

ですが時間だけは残酷だ。時間は認識を超越し、死を超越する。時間によりどんな火も滅《めっ》却《きゃく》される。芸術家はその火が消えてしまわないように、延々《えんえん》と薪をくべ続ける者のことだと思うんです。薪はなんだっていいんです。絵画だったり、紙幣だったり、道徳の教科書だったり、青春だったり、若さだったり、生活だったり、自分自身だったり。可燃性が高ければ何でも、粗朶《そだ》になりえてしまうんです。それで存在の震盪《しんとう》が持続するならそれでいい。芸術家の本望はそこにあります」

「君は賢《さか》しいな。火を発明だと思考する理性には、なんだか本質的な誤謬《ごびゅう》を感じるよ。だが事実、君が救いを求めるのはそんな美であり、君はそんな美に絶望を与えられた。君は美を火と言った。火は君を不断に拒絶する。火は君を不断に魅惑する。熱気が顔に吹きつけるほど近いのに、決して触れることはできない。火とは、心を擾乱《じょうらん》させ、脳を震盪させ、感性を強姦《ごうかん》しても理性には一瞥《いちべつ》もくれないものだ。全ての言葉や人間の意志を廃絶するものだ。沈黙のみを強制するものだ」

「やはり、それを美と呼ぶべきでしょうね。あるいは夢と呼ぶべきか」

「僕にはそれを運命や人生と呼ぶほうが適していると思うけれど」

「そんな劇的じゃないですよ」

「さっきは君も僕も例外ではないと言ったが、君は例外とはいかなくとも幾分特別だと思うよ。君は運命を手にしている。心を奪ってはその人を抗拒《こうきょ》不能にし、引《ひ》き摺《ず》り回して辺り一面に血飛沫と臓物を飛散させる運命という猛獣を。それを持たずに人生を終える人間、それを心待ちにするだけで老衰する人間が、一体どれほどいると思う。

とどのつまり、運命は持てない人もいるが、人生は皆が持っている。人が劇的に生きようと振る舞えば、人生は容易にその舞台を設える。人生とは不断に選択を迫る。僕らはそれを選ぶだろう。まあ、僕はそんなことしないけど、一般的には選ぶ。人は選ぶことを意志と呼ぶが、それは人生の枠組みを決して出ない。なにか劇的な生き方をするがために自分を演じているうちに、役そのものに成り代わることがある。それを夢を叶えたというだろうか。それは勝ち取ったものではない。人生に前もって用意されていた成り行きだ。その掴み取ったものも、己の勝利も敗北も、全ては人生に始まり人生に帰結する。何かを選んだ時点で、何に勝とうと人生にだけは勝てない。それは確約された不可能だからね」

「なるほど。美か醜悪か、選んだ時点で全ては予定調和だったということですね。つまり、何かを得ようとする人間。不可能に、未知に惑乱《わくらん》された人間は、人生に敗北するということですか。でも、部長は決して敗北しない人だ」

「ああ、僕は敗北しないよ。僕は人生に挑まない。ゆえに勝ちも負けもない。僕にとって人生とは、生まれたときから生じている陥穽《かんせい》を、死ぬまでの復路で埋める作業だ。恋人も親友も、手を伸ばさずに摑める、風に流された綿毛《わたげ》がたまたま掌に乗るように、身の回りのものだけを摑み、それを届く範囲に捨てて、また拾うことも厭わない。そんな無意味な戯れだ。陥穽を埋められるなら、なんだっていいんだ。冷たい人間だと思うかい？」

「いいえ。部長らしいですよ。でも、それは敗北しないと言えばそうですけど、言い換えれば人生と、他者と戦うことから逃げているだけに思えます」

「確かにね。だが、僕の人生というものはどうも僕より足が遅いから、逃げようと思えばいつでも、いくらでも逃げられるんだ。君の言う人生は、逃げたくても逃げられないもののことだろ？　残念なことに、僕はまだそれに出会《でくわ》していない」

「きっと出会しますよ。人間の生き方や価値観の善し悪しなんて比較できるものではないですが、その出会いはきっと悪くない」

「……そうか。君と話すのはやっぱり楽しいな。新しい発見も多いし、君は聞き上手だしね。それに話してて痛感するけれど、僕らは互いに遠慮がない分、許容が多い」

「ええ、とんだ友情ですね」

「友情か。友情ってなんだろうね」

「共依存ですよ。俺と部長の場合は特に。お互いの中がお互いの居場所になり、そこに当の相手はいない。ただ心中を赤裸々に吐露する場所がほしいだけです。つまり、愛は共在で、友情は共依存だ。友情には、必ず後ろめたさが尾を引くものです」

「なるほど。覚えておこう」

火が消えたため、速水は立ち上がった。膝を抱えていた手が少し温かい。火の存在の名残が感じられた。速水は灰と熾《おき》をキャンバスバッグに入れようか迷ったが、結局川へ流した。この川が海へと続くことを願いながら。

「それじゃあ。帰ります」

「そう。気をつけて」

速水が緩い土手を上ると矢谷もその横を歩いた。

「そうそう。これは僕の邪推なんだけど」

「何です？」

「速水、北条を殺そうとしてるよね」

「ええ。修学旅行で殺す予定です」

速水は特別驚かなかった。矢谷になら殺意を見透かされることも予期していたからである。

「やっぱりか。薪をくべると言いながら、薪がなくなれば火を滅却する務めは芸術家にあると」

「そんな大層なもんじゃないですよ。ただ今は消火も放火の延長線上の行為に思えるんです。芸術の本質、時間を超越する久遠というものは、意志による滅却か継続によってのみ齎《もたら》されますから、それこそが芸術家の存在意義でしょう。今、俺は認識と行動の狭間に立って、ただ見るということがどれほどの力を持つのか、疑いながら、かつてないほどに信じている。

「穴があくほど見つめる」という言葉みたいに、火を消すほどに薪をくべるんです」

矢谷は溜息をついた。何の皮肉も嘲りも、その息に混じっていないことを速水は感じ取った。

「その様子なら殺すことに変更はなさそうだ」

「最初、説教臭く諭《さと》してたのはそのせいですか？」

「ああ。人殺しを是認するほど、僕もイカれていないし、精神の殺害が肉体の死によって齎されるなら、精神の死は肉体の殺害により償《つぐな》われてもよいのではないか、という理屈が馬鹿馬鹿しくて好きじゃないだけさ」

「なら俺を殺して止めます？」

「いいや。あの肖像画を燃やすことを認めた時点で、僕に今の君を止める資格なんてないだろ。あとこれは忠告だけど、君がまだ芸術家でいたいなら、ナイフではなく筆で殺すべきだ」

速水は表情を緩めた。

「どうしてナイフで殺そうとするのがわかったんです」

矢谷は「手に入りやすいから」と返そうと思ったが、

「君の考えていることはわかるって言ったろ」と恥ずかしげもなく言う自分に密かに驚いた。

「でも、もはや俺にとって、筆もナイフも同じですから」

速水は空に浮かぶ月を見上げた。

「そうか、そうか」

「それじゃあ、部長。さよならです」

「ああ。さよなら」

速水は去っていった。辺りはすっかり夜闇に覆われ、矢谷が予備校に遅れることは自明だった。

速水の後姿《うしろすがた》は忽然《こつぜん》と闇に呑まれて見えなくなった。速水にはもう二度と会えないという事実を、矢谷は直感した。親友との永遠の別離に特段悲しむこともなく、涙していない自分に、矢谷は安心した。自分は人生に負けることはないのだ。ただ穴を埋めるだけで、彼も多くの埋立地の一つにすぎなかったのだ。

そう安心した瞬間、自然と、彼の頬には一筋の涙が伝った。

十一

一日目と二日目を奄美大島で過ごし、二泊目にフェリーで船内泊をして屋久島に移動した後、三日目と四日目をそこで過ごすというのが、三泊四日の修学旅行の日程である。

奄美空港に到着した頃、外には海の気配が漂っていた。雲の欠片《かけら》すらない晴朗な空の下で空気はわずかに潮気《しおけ》を含んでいた。本州では残暑が厳しい九月の下旬であるが、海に囲まれているせいか、その暑さがまるで苦を感じさせない類のもので、気分は幾分穏やかですらあった。秋が予感される風が度々吹く。それでも太陽は活発に生徒らを照らし、色とりどりの私服と浅黒かったり白かったりする肌の合間に汗を滲ませた。

「まだ夏だな」

と近くの誰かが言い、自然に註釈をつける愚かしさを山中と重ねた速水は、内心考えずにはいられない計画を、ただひたすらに考えた。それは昨晩にも、そして航空機内でも辿られた思考であり、思考を繰り返すということ自体が彼の特性になりつつあった。傍らの海を眺めることなく早々に一行がバスへ移動したのは、奄美海洋展示館へ向かうためである。当然、その車内でも速水は計画を反芻《はんすう》した。

二日目の夜だ。船内泊のときに、北条を殺そう。

具体的に計画を練ることはしなかった。ただ殺意や破滅について思考を巡らせるだけであった。速水は明確で透明な殺意を持つことのみを考えた。その考えは桟橋《さんばし》のようで、先には何一つ続いていない。向かう先は海であり、海の先は死である。殺意という重大な感情を抱いている間は、自身を重大な人間だと錯覚できた。幾度となく虚無と絶望に身を穿《うが》たれようと、彼の虚栄心は健在だった。常に虚栄心ばかりが色濃く、それを凌駕《りょうが》する何かを持ってはいない。その何かとは、自身で創り出すものではないように思えた。ただ他人から齎される、絶対的な無為《むい》を速水は待っていた。待つということが、速水に殺意の焦燥《しょうそう》を強く印象づけた。一人で待ち合わせ場所に佇みながら待人《まちびと》を遠くに感じるときの、暇とも煩忙《はんぼう》とも言えないあの心は殺意と酷似していた。切実なたのしみを覚えながらに、時計の針が無情に思え、待ち合わせるという行為の中心に、当の自分は居ないとすら錯覚するあの感覚。待人こそが中心であり、世界の意味はその人だけに託されている。殺意が重大たる所以《ゆえん》は、殺す者ではなく殺される者にあるのだ。そして殺される者が重大であればあるほど、殺す者も己を重大だと思える。ちょうど、待望していた、世界を託された人に会えたときの、世界を半分に引き裂いて分け与えてもらうような気持ちで。

やけに濃色《のうしょく》な見知らぬ景色が車窓を過ぎてゆく。恋慕も殺意も、残像となってしまえば分別がつかないが、バスのスピードは残像を残すほど速くはなかった。ただ少し物象の輪郭を歪ませ、色彩をより濃密に感じさせた。その崩壊の一歩手前の町並みは、流れる建造物や人影を、精神を託す拠り所とさせた。部活に行かなかった日の帰りなどは電車の扉に凭《もた》れて夕空の淡い赤光《しゃっこう》に照らされながら、こんな気持ちをよく覚えた。そういうとき、仄暗《ほのぐら》い夕雲の軽薄さに今にも潰されそうな屋根屋根を眺めて、速水は何に共感するでもなく共感していた。青空が広がる今この瞬間も、旅先の日常を切り取った車窓が普段の風景と何一つ変わらないことが、速水を平穏の安静に誘った。殺意を持ちながら平穏でいられるということが、速水を余計に安心させた。

奄美海洋展示館に到着し、生徒たちは一時間ほど自由に館内を歩いた。速水は二日目に行動を共にする、一緒に夏祭りに行った三人と北条を含めた五人班で館内を回った。

入ってすぐの場所に位《くらい》する水深五メートルの水槽が目を引いた。ウミガメが区劃《くかく》の中を泳ぐ姿は、悠々としていた。奥のほうには、他にも小さな水槽がいくつもあった。各水槽内には様々な種類の魚がいた。海洋展示館という名称とは裏腹に、ここに飼育されている魚やウミガメたちは、人為的に収集されて水族館のように展示することを目的の主としているのではなく、様々な理由で海へ帰れなくなったために保護されているらしかった。水槽の一つ一つが、奄美の海と同じ環境に調整されている。つまり、この水槽らは独立した海である。区劃された官能。ガラス張りの生死。それがこの海洋展示館には陳列されている。速水は海を愛することに、何一つ引け目を感じなくなっていた。春の闌《た》けた頃に北条が「速水って海好き?」と訊いてきたことを思い出した。あのとき感じた、自身の胸襟《きょうきん》が割られる恐怖にも似た思いはもはや毛頭なかった。この小さな独立した海とあの広大で虚無的な海はまるで別物だが、別物を別物として愛する度量が今の速水にはあった。何か大きな虚無を持つ人間は、並大抵の虚無を許せるばかりか、さらなる虚無を待望するものである。それは大きな空虚を埋めるためには、さらに大きな空虚が必要だからだ。ゆえに速水は、この殺意を北条に赤裸々に吐露する覚悟ができていた。殺意など、破滅に比べれば乳飲子《ちのみご》でしかない。

透き通るような青色に映える水槽の中には、ウミガメや多様な熱帯魚が泳いでいる。その大きな水槽に掌で触れると、速水は何とも言えない快さを感じた。海そのものの冷たさか、水槽が湛える海の虚構の冷たさか、重厚なガラスの作為的な冷たさか、何《いず》れのせいか判断がつかなかったが、掌に訴える確実な冷たさが、とにかく彼には心地よかった。このように速水が幸福を感じ、最も殺意など意識しえない時にこそ、彼の意識下では殺意が波立っていた。それは彼自身を矛盾に落とし込みつつも、彼の存在をより強固にする仮面の性質のせいかもしれなかった。彼は殺意が歓喜や悲哀などと同様に、自身で獲得しようとして獲得できるものではなく、月が満干《まんかん》を左右したり、雨風が時化《しけ》や凪《なぎ》を齎したりするように、常に外界の何かにより与えられるものだと思っていたから、殺意を覆う仮面のみが真逆の主義主張を示しながら、殺意を代弁しているように考えていた。悲しいことがないのに泣くほど彼は役者ではなかったうえ、そういうものを好んで生産する詩人でもなかった。かといって他人の感情を拠り所とするには、彼は他人を見下して信用しておらず、他人を信用しない分自分も信用していない。彼にとって感情や心といった自己は、常に他者との関係を以てなされるため、自分一人のものではなかった。だが完全に無意志な矢谷のような人間になれるわけでもないので、速水にとって世界と自身の間に生じる緊張や対立との関係の持ち方、つまり認識や窃視や仮面や破滅だけが、世界により齎されるのではなく世界に対抗すべく自ら編み出した術であり、彼の他律的な自己形成に於ける唯一の意志的で個人的な部分であった。ゆえに、仮面をつけるという前提の下《もと》で、殺意とは真逆の設えた幸福こそが、最も殺意を孕んだ感情だった。

北条は何をしているのか、と思い辺りを見渡した。他の三人は見当たるが北条の姿はなかった。どこかで機会をつくり、船内泊の間に二人になれるよう告げなくては、と速水は思っていた。今この瞬間のような、気の抜けるほどふとした瞬間にこそ重大な約束や告白が適していると感じ、殺意を決して感じさせない時にこそ、自身の仮面はより存在を際立たせ、その穴から「覗く」ことができると思ったからである。班の三人に訊いたところ、北条は女子とウミガメの餌《えさ》やりへ向かったらしい。山中と北条が二人でウミガメに餌をやる、そんな世俗的幸福の劇画を速水は空想した。そして空想に留まれることに満足し、当の北条の元へは行かなかった。もはや二人の醜態を垣間見る必要すら感じなかった。認識と存在の対立に関して、速水の関心は次第に薄れつつあった。あの肖像画を燃やしたときから、心に堆積した煤《すす》がその解答である。どちらの勝利とも敗北とも言えない、ただ灰燼だけが残ったことこそ、完全なる美への挑戦の無慙な結果である。

初日の夜はホテルの部屋割の都合上、速水は北条とは異なる二人の親しい友人との相部屋だった。高校生らしい猥談《わいだん》や恋話を上手く取り繕いながらこなし、カードゲームや雑談に明け暮れると、早々に二日目を迎えた。

二日目の自由行動を速水の班は殆ど海で過ごす予定を立てた。島内バスの一日乗車券を用いてバスでホテルから三十分ほど離れた海岸に向かい、シュノーケリングやダイビングを体験するのである。残暑のためか、誰一人気温の心配はしていない。

　バスを降りた時点で空気には海の気配が混じり、波の穏やかな息遣いが遠くから耳立《みみだ》った。数十分後、水着に着替えた一同の目の前には素晴らしい海が広がった。遠浅《とおあさ》で内海《うちうみ》ということもあり、波の荒々しさはまるでなく、翠玉を彷彿とさせる花緑青色《はなろくしょういろ》がせせらいでいる。清《せい》冽《れつ》な海面は静止しているようにも見え、微細で緻密な反射をあげる様だけが海としての証左であった。水平線はなだらかに空を分かち、遠くに見える山々が存在すら疑われるほどに朧《おぼろ》気《げ》で、海が世界を遮断しているように思われた。陸の雑多な感じや、町並みの生活を臭わせる音と無縁な世界が、決して解けない糸で編み出されて遍満して展開されるその姿の明媚さは、蒼海《そうかい》だけではなく、白い真砂《まさご》と珊瑚《さんご》の欠片、近づいても遠鳴りに聞こえる青々とした風《ふう》浪《ろう》の音、鼻腔《びこう》や髪を戦《そよ》がす潮の気流にも散見された。昼の海というものは、生の側面ばかりを見せる。だがそれは、厭らしいほどに明るい死の裏側であり、一枚の新緑の葉を日光に透かして眺めれば、表裏の葉脈が同一であると悟ることと等しく、生は死と何かしらの葉脈を共有していた。それでいて、生死はどちらも曖昧な汀のようであるから、人の想像力を感化するのに十分であり、実際に水に触れたときの冷たさや微妙な潮の感じが、想像を凌駕する存在としての保証であった。想像と存在という芸術性の根幹が、官能性を湛えながらに流転しているこの景色こそが、まさしく海である。

「やっぱり、海はいいな」

「そうだな」

思わず漏れた速水の言葉に北条が同意した。

決して日焼けのしない白い肌が、目の前にあった。無駄な脂肪はひとつもなく、削ぎ落とされた肉体に少しの筋肉が彫刻されたかのように影を添えている。清澄な陽光を受けて微《わず》かな体毛が黄金に輝いて見える。裸体という美しさに直面した速水は、殺意すら忘れそうになった。時間が対抗できない、完全なる美がそこに存在していた。肉体は時間による老化や衰退を免れないのだから、本来完全たりえないというのに、北条だけがその法則、太陽系を司《つかさど》る絶対的法則を抜け出した、宇宙にとって未現像の存在だった。本人はその存在を自覚しているか不分明であるが、その不分明さが微笑のような美的意匠となるのである。

こんな美しさが、もはや信じられない。だがこの世に信じられるものが残されているのなら、それはこの美しさに他ならないだろう。速水の思考の環状線には、またその悪辣《あくらつ》な運転手が車を走らせていた。そこから見える窓外の景色は、この漣《さざなみ》のように緩慢でありながら決して静止を許さない。

一同はシュノーケリングやダイビングを楽しんだ。海水に全身が包まれながら、絶えず拒絶されている感覚があった。無量の海水に浸ろうとも、身体のどこかが渇いているようだった。海を見るだけでその感覚を予期していた速水は、自身の観察眼が何の誇張もなしに事物を見られるのだと改めて理解した。海水と日光がとてつもなく心地よかった。

午後五時ほどになり、五人はシャワーを浴びて着替えた。昼食を取らずに遊び耽っていたので、軽く何かを食べようと一人が言った。しかし速水は夕暮れ時の海を眺めていたかったので断り、北条も空腹ではないから海岸に残ると言った。二人を残し、三人は近くのレストランへ行った。

波の音が二人の間に波及した。まだ乾ききっていない髪に潮風《しおかぜ》が吹き、塩分が薄い膜のように体を覆っているのを感じた。これだけ海に侵されても海そのものに成り代われない人の性《さが》を、速水は憂えた。人間が海と一つになれたなら、芸術家の存在意義はなくなるが、美の存在意義は今日《こんにち》より深くなるはずである。

「疲れたな」

北条は呟きながらに砂浜に腰を下ろした。

「ああ。とても疲れたよ」

速水もその隣に座った。

月に満干を左右される海は、その色調すら空に明け渡していた。夕焼け空があまりに綺麗だから、海も仄赤く照り映えていた。速水が最も愛すべき、自我の反映から遠く離れた美しさを有する金波《きんぱ》が絢爛に見えた。

「なあ北条。海に来たのはいつぶりだ？」

「覚えていないほど昔だから、きっと十年前が最後だろうな」

「あの水難事故の日か」

北条は沈黙を以て答えた。

速水は北条と自身の間に、小さなガラスの欠片が落ちているのを見つけた。今まで踏まなかったことを運良く思い、それを摘み上げ、太陽を透かして景色を覗いた。ガラス越しの海は何一つ面白味がなかったが、砕かれたガラスが陽光を湛える様は美しかった。ガラスの中に充填《じゅうてん》された残光で、その透明さはより昭然《しょうぜん》とした。破片が日を浴びる。それだけで、ガラスの透明な内部構造がさらに砕かれたように見える。何かを壊すということは、何かを照らすということとよく似ていた。

だがそれは破片そのものの美しさではなかった。破片が壊れるという意志で照らされたわけでも、太陽が破片を壊す目的で照らしたわけでもなかった。速水は破片と自身を一直線上に重ねた。きっと、誰もがこのガラスの破片のようなものである。破片はその光輝を太陽によるものではなく、自ら放つものだと信じて疑わないらしく、一定の光度で煌めき続ける。

日が沈めば没落する輝きを、永遠に保持できると考える。誰かが砂浜から拾い上げない限り、全身で日光を汲むことなど叶わないのに。ならば同様にして、海もガラスの破片の拡大にすぎないのだろうか。いや、それは違う。海は未知の全てであるから、あらゆる光を受諾せずとも己《おの》がじし光を放つ箇所が、未開の場所にあるかもしれない。そして海は光だけではなく、闇にも照らされる。海は破片とは違い、絶えず何かを湛えている。あらゆるものを許し、拒む芸当は、海の特有だ。問題は、ガラスの破片である一般人が、自身を海だと思い上がり、ありもしない未知の領域の存在を信じてしまうことである。例外とはこの世に一人のみだからこそ例外と言えるのだ。

「綺麗だな。全然違うけど、速水が描いた絵を思い出す」

「一年の時のか。あれは旅先で見た深夜の海を描いたんだ。まあ、大したことない絵だよ。俺は見たままにしか描けないから、俺の絵は動かないし、一面的だ。この現実の不断に脈動するような海に比べたら、海の死骸みたいな作品だろ」

「まあ、この景色とはだいぶ違う、暗い海の絵だったけどさ。とにかく俺は好きだよ、あの絵」

「北条が好きなのは、海なのか俺の絵なのかわからんな」

「海が好きだから海を描いた絵も好きなんだよ」

「そうか。俺にはその二つはまるで別物に思えるけど」

速水は手にしていたガラスの破片を砂浜に戻した。黙っていると、またしても北条のほうから沈黙を破った。

「なあ。何か言いたいことがあるのか？」

「……ああ。あるよ」

北条という男には鑑賞の才も備わっていることを思い出した。この男の前で仮面をつけるなど、不可能なことだった。しかし、今までその不可能を速水が成し遂げてこられたのは、北条が仮面について何の言及もせず、関心すら向けなかったからである。

胸中に蟠《わだかま》った何かが、澄み渡る河川に流れるように消えてゆくのを感じた。言葉はやけに流暢で、何一つ遠慮なく問えた。

「今日、海を見て何を思った？　十年前に亡くなった家族とか、臨死した自分のことを、少しでも思い返したか？」

「うん。考えたよ。でも、何一つ家族を偲《しの》ぶ気持ちはなかった。海に入ることに恐怖もなかった。ただ、今日は本当に楽しかった」

北条は即答した。残映《ざんえい》に照らされ朱色に染まりながら、眼差と微笑だけは変わらぬ色調を保っていた。手元にナイフがあれば、今にでも殺してしまおうと思うほど、北条が美しく思えた。美の破滅を齎すため、速水はナイフの代わりに愚かにも言葉を使った。

「考えたっていうのは、どういうことだ」

「そのまんまだよ。ただ仏壇に飾ってある顔を思い出して、葬式のこととか、あの日の海の感じとか、うっすらと思い出してた」

「本当にそれだけか。何一つ悲しくないのか？」

「ああ。俺が七歳の時だしな」

北条ですら時間に毒されているということに、速水は失意と歓喜を半々に覚えた。だがその眼差に何一つ宿命の兆しが宿っていないことを認めると、失意が先に萎《しぼ》み、歓喜も伴って薄れていった。落ち着いた、それこそ絵画を眺めるような心境で、神妙ながらも柔和な横顔を見た。仮面の真下で反動的に膨れた言明という欲望を、速水は抑えられなかった。

「俺には、海が嫌に思えるときがある」

「どうして？」

「俺は滅びるものが好きだ。そこには芸術性があり、想像力がある。そして、滅びることが存在を裏付けてくれている。そういう滅びから救うために、景色を絵画の中に閉じ込めることが芸術家の意義だとも思ってた。でも俺は永遠に滅びない可能性があるものを、ここ最近で知ってしまった。だからこそ、それが滅びることを夢想した。でも夢想は夢想だからこそ価値があり、俺は頭の中で色々完結させてしまう性分だから、実存性なんてものは端から求めていなかった。

海は滅びの象徴にも思えるのに、決して滅びることがない。土から生まれたものではないから、土に還《かえ》ることはない。馬鹿みたいな妄想だけど、俺が登校中に見る街路樹とかマンションはいつ滅んでも不思議ではないように思えて、例えば世界が滅ぶ時がやって来たら、俺もマンションも街路樹も、一律に滅んでしまうと思う。でも同時に、海は、海だけは滅ばないって思うんだ。海が滅ぶ時には世界も滅んでいるだろうけど、緑は枯れて、大地が朽ちて、人が死に、空が濁り、俺が死ぬ。そんな世界が滅んだ瞬間にさえ、海はまるで死なない気がする。濁って見えても、それはただ空の反映で、海そのものは、その波は、荒れたり凪《な》いだりして、いつも通りに広がってるんだ。

海は絶対に、俺と共に死んではくれない。万が一、一緒に死ぬことがあれば、それは海が海でなくなるのと同義だ」

「不思議だな。海が嫌いって話なのに、速水が心の底からそう思ってるなんて、今の語り口じゃ考えられない」

「わからないんだ。好きなのか、嫌いなのか」

「なら、わかんないままでいいだろ」

北条を見た速水は、殺意を何処かに置き忘れてしまった気がした。まるで殺す気の起きない完全な美しさと、無他の神聖さが夕映えのように仄かに立ち昇った。彼自身、本来は感受性が豊かであり気分屋な側面があったので、須臾《しゅゆ》の間に全てを忘れてしまおうとも、殺すことを止めてしまおうとも思った。それでも、あの日燃やした肖像画の灰燼が、この海と遠く離れた何処かに揺蕩《たゆた》っているのだとすれば、自身の芸術家としての矜持を蕩尽《とうじん》してでも、この行動は為されなくてはならない。

「それもそうだな。……北条は、海のどこが好きだ？」

「俺か。俺はあまりものを考えない質《たち》だからな。速水みたいに頭も良くないし、上手く言語化できないんだけど……」

暫く黙った北条は、急に立ち上がって汀へと進んだ。そのまま直進を続けた。北条が思い出のように遠く小さく見え、その脛《すね》が海水に沈む頃になって、ようやく速水は追いかけてその左腕を摑んだ。握った腕には少し筋肉がついていて、感触から内側の骨太な感じが伝わった。骨すら完全な形をしている。北条は生まれながらにして完全なのだ。

「お前、足がつかなくなる所まで行くつもりだったろ」

「バレた？」

「まあな。お前が何を考えているのかは一度としてわからないけど、お前がどんな行動をするのかは何となくわかる」

「でも、これで俺が海好きなことはわかったろ」

「俺はどこが好きかって訊いたんだ。それにこんなことしなくても、お前が海を好きなことくらい知ってるよ」

「どうして？」

北条は微笑していた。先刻より暮れた夕日は未だ朱色にその端整な顔立ちを照らした。速水は握った左腕を離さずに、北条の眼差に己の視線を絡めながら答えた。

「お前の肖像画を描いているとき、海を描いているような心地がしたから」

「……そっか」

何だか気恥ずかしくなった二人は、顔を見合わせて笑い合った。共に過ごした時間は短くないが、こうして笑い合うことは初めてのように思えた。

「戻るか」

「うん」

浜辺へと引き返す最中、二人は黙っていた。時間が普段の加速度的進行ではなく、緩やかな坂を一定の速度で下ってゆくように過ぎてゆく。ゆったりとした心地のよい沈黙が、足元の白波のように漂っていた。この沈黙を、この世に二人のみが共有しうる限りなく死に似た沈黙を、やっとのことで紡いで言葉にしてゆくために生きることが、愛ではないのなら一体何であるのか、速水には判断がつかなかった。

浜辺に着いてすぐさま、速水は沈黙を破った。

「今夜の船内泊で、深夜三時にフェリーの甲板《かんぱん》で待ってる。まだ、二人で話したいことがあるんだ」

怪訝そうな表情を見せる北条の視線は、速水に数秒預けられた後、前方の階段を昇った場所に立てられた木製アーチの先から此方へと向かってくる三人の姿に移された。北条はその方向へ手を振りながら「わかった」と小さく、それでいて確かに返答した。

ジーンズの膝下から靴までが濡れていることなど、二人とも気にも留めなかった。

十二

悪天候時などは甲板へ繋がる扉は施錠されるが、そうでないときは何時《いつ》でも開放されていることを速水は知っていた。推奨される行為ではないが、教師や船員、警備員に見つからない限りは、危険という理由で制止されることはない。

速水は昨夜と同じ二人との相部屋で、シティホテルのような内装の特等室のベッドで横になっていた。貸し切りのため、かなり上等な部屋が皆に割り振られていた。起き上がり、空港で預け入れ荷物として運んだスーツケースの中から、着替えとナイフを取り出した。寝間着《ねまき》では格好がつかないので、明日着る予定の薄手のシャツに上着を羽織り、丈《たけ》の長いズボンを穿いた。こんな時にも服装を意識する己に、速水はいつの日かと同じく閉口した。

相部屋の二人はよく寝ていた。慣れない船内泊とはいえ、一日中海で遊んだのだから妥当な熟睡といえた。

枕元の腕時計をはめると、速水は音もなく部屋を出た。

午前二時四十分。時速十六ノット程で運航するフェリーの上には厳しい風が吹いている。周囲には闇の帳《とばり》が下りていることもあり、夏の暑さの名残は何一つなく、浅い秋の感覚だけが体を通り抜けてゆく。

しかし全くの暗闇というわけではない。微細ながらも白灯は灯り、時折薄雲に朧《おぼろ》に見えながらも、満月の光が甲板にまで届いている。南西のあたりに浮かぶその月光の幾筋かが波に砕かれては幽暗《ゆうあん》の中に呑まれ、また幾筋かが金色に煌めく反射をあげ、深刻なほど美しい暗闇は不可視の深部にのみ累々《るいるい》としている。鉄製の白い欄干《らんかん》に凭れながら、速水は北条が来るまで海面の闇が白い光の細片《さいへん》を浮流《ふりゅう》させる様を眺めた。

ぼやけるような流光は、北条の放つ、火影《ほかげ》に群がる羽虫のような視線に絶えず侵される光輝とよく似ていた。そして、その光輝は何の執着も強制もなく、ただ一点を照らす灯りではない。闇を可視化させ、光を仄暗くさせるような、何かを照らすことなどゆめない皮肉的な光、不平等な光の効用である。多くの火取虫《ひとりむし》はそれを、平等に与えられる拒絶ではなく、自身だけの拒絶、世界からの隔絶や逸脱だと思い上がるがために、光に見られずに光を見られる安心から、半ば冷静、半ば情熱的にその火影の周りに群がり続ける。

許すということを、北条は無意志にやり遂げてしまう。肖像画を描いた初めのうちは「見られる」という一見受動に思える行為を、観察者に媚態を呈するかのごとく能動的に行ってしまったが、俺のせいで「見られる」ことに慣れた北条は、何も見ずに何かに見られるという、美の真髄《しんずい》的な在り方を意識せずに体現した。彼の持つ無関心が、火に焦がれる虫々を焚き付け、羽虫らは火に己を認知させようと自棄《やけ》になってその火に飛び込むのだ。命を賭《と》そうとも、火は無関心に揺曳を続けるというのに。

だが俺もそんな羽虫である。奴に魅せられ、奴を殺そうとし、その実奴に殺される。事実、俺は北条をナイフで殺した後、その死体と入水《じゅすい》自殺を図る気でいる。かつて俺は自殺を認識の放棄とも言える自己冒瀆と思ったが、この世にもはや見るものが残されていないのなら認識者は死んだも同然であり、それゆえに自己冒瀆にもならないだろう。

そもそも自殺特有の、あの精神的な弱さ、脆さ、そして情けない空気感を必要以上に演出するような、舞台役者じみた悲劇の諄《くど》い香りと味わいに嫌気が差していたのだが、それは自殺の本質ではない。自殺の本質とは意志の委託である。投身自殺では重力が、焼身自殺では猛火が、服毒自殺では毒薬が、首吊り自殺では絞縄《こうじょう》が、割腹《かっぷく》自殺では銀の刃物が、入水自殺では海の意志が、そして心中では傍らに添う自身のそれと形のよく似た心が、その人を殺すのだ。自殺とは死の意志的な獲得ではなく、自身の死を明け渡してもよいと思えるほど愛し、依存した何かに、死を委託し分かつようにして殺される、本質的には意志を放棄する、意志を超越した行為である。それゆえ全ての自殺には、事件や事故にはないあの暗く、湿っぽい、どこか金属のように甘くて冷たい抒情的な感じがする。最も愚かしいのに、最も快いと思える情緒が、混淆《こんこう》したまま破滅へと向かってゆく。そして重力や毒薬や海水はあらゆるものと契合《けいごう》し、情死の相手だけを殺して自身は甦る身勝手さがあるのだから、自殺というものには個性が欠けている。だが、その身勝手さ、自身が特別でないということが心地よい。なぜなら、己が特別たりえないということが、他の特別を引き立たせるのに十分すぎる役割を果たすのだから。

午前二時五十二分。まだ北条が来る兆しはなく、風は絶え間なく吹き荒《すさ》んでいる。流れる景色の色調のみが一定である。

手にしていた裸のナイフを夜気に晒した。その刃先を月光にあてがうと、銀の刃物は静かに輝いた。新月のほうが想像力の立ち入る余地があるため芸術的だと思っていたが、月面に想像力で着陸するほどのロマンスを喪失した速水は、今晩のような満月に魅《み》されつつあった。

特徴のない所謂《いわゆる》普通のナイフといった鋭利な形状の刃渡《はわたり》十センチメートル程度のそれは、黒色で微妙な曲面からなる柄《え》を有している。こんな小さな凶器に、世界の全てが破滅へと導かれるような予感が、速水を恍惚とさせ、殺意についてより考えさせた。

俺が北条に持つ殺意をどのように告白すればよいだろうか。このナイフのように安っぽい殺意を、如何《いか》にして安っぽいまま、安っぽさが世界を切り裂く事実を、何ら詩的でなく淡々と語るには、どういった告白が適しているのだろうか。自身の心情を告白するとき、その心情は多少なりとも誇張される。俺が北条を殺すとき、俺はこの陳腐な刃物をこの世で最も鋭利で、最も命を奪うのに相応しい凶器と思うに違いない。どうしたらこの殺意を、何の装飾も誇張もなしに打ち明けられるだろうか。

いや、そもそも告白などという、だいそれた行為自体が誤りなのだ。破滅は告白が必要なほど、ひた隠しにされた観念ではない。ただ予期していた破滅が予期していた通りに実行される、謂《い》わば予定調和である。

言葉など不要だ。俺が真に告白すべきこと、真にひた隠しにしてきた心情は、きっと殺意でも破滅願望でもない。それはきっと――

ふと、夕方の沈黙を思い出した。あの沈黙の素晴らしさと言ったらなかった。俺と北条が波間に揺蕩う泡沫《うたかた》のようになり、縺《もつ》れて離れて消えゆくような心地がした。素晴らしい沈黙だった。

やはりあれこそが愛なのだ。そうだ。俺は北条が好きなのではない。北条を愛していたのだ。かつて俺は、愛は共同の幻想の育み合いと称したが、それは愛という複合的な感情の一部分にすぎなかった。多義的な愛の最も意義深い意義は、幻想を現実へと押し上げる盲信だった。それは犀利な観察の上に成り立つ盲目性であり、愛すべき過信、芸術的な過信である。つまり愛とは、想像し、信じることだった。表面的なものに留まらず、決して目に見えない本質を意志的に見ようとはしないで「見えない」ということをそのままの形で信じること。見えないは見えないまま、知らないは知らないまま、そして沈黙は沈黙のまま、ただ相手の中に見えない本質が存在していると想像し、それを信じる心を持つこと。そうして初めて、人はその対象を愛したと言えるのだろう。ちょうどこの眼下の闇を愛するように。

午前三時三分。北条は来ない。風は依然として強く、フェリーが唸声《うなりごえ》のようなものを残しながら澪《みお》を形成し、大海の物静かな灝気《こうき》を引き裂いてゆく。速水はナイフを握ったまま、欄干に凭れる。

もはや何かを考えることはしなかった。ただ沈黙していることに、速水はえも言われぬ満足を覚えた。

午前三時十分。北条は未だに来ない。

それと等しく、海は未だに闇を湛えている。

午前三時十七分。後方から足音がした。ナイフを北条からは見えないように、上着の内側へ忍ばせた。その存在の小さな証明が鳴り止んでも、速水は振り返ることはしなかった。

暫く、静寂が流れた。軽率にこの静寂を打破せずに「話は？」とか「何の用？」などと訊かない上、多少の遅刻について何一つ言及しない北条を速水はやはり気に入った。

「綺麗だろ。夜の海も」

速水は風に負けないよう、声を張った。

「暗くて何一つ見えないけど」

北条の調和のとれた耳触《みみざわ》りの良い声が聞こえた。

「……だからだよ。だから綺麗なんだ」

風とフェリーの運航音だけが辺りを占めた。速水は意を決した。

「北条」

「……」

「北条」

「……」

「俺は、俺はお前のことがずっと――」

「なあ」

その一言で速水の告白は途切れた。酷く冷たく、フェリーが波を切り裂く音すら消すほどに響いたのに、いつものように平坦で然程《さほど》大きくない声で放たれた一言だった。

そして北条は全く同じ声色で言った。

「俺を殺すか。速水」

速水は我が耳を疑った。戦慄と驚愕が彼の動悸《どうき》を加速させた。

瞬間、思わず振り返った。白いシャツを着た北条には、喪失したと思われた比類なき光輝がその身に再現していた。

北条は確かに微笑んでいた。完全で、どこか儚《はかな》い、無関心の微笑だった。

「……あぁ。ああ」

それは言葉ではなかった。返事でもなく、ただ口の端から漏れ出た音であった。速水は言葉を失った。あれほど何かを語ろうと思案していたのに、何一つ言えなくなっていた。

全て幻想だったように思えた。あの幻滅でさえ、幻滅の影でしかなかった。

「でも、もういいんだ。もうやめた」

枯れ葉を擦《こす》り合わせるような笑い声を含みながら、速水はかろうじてそう言った。何が可笑しいのか、彼自身にも分からぬまま。

忍ばせたナイフを海へ投げ入れた。銀色の微かな輝きは、深い闇に音もなく呑まれていった。もし海底にあの刃先が突き刺されば、そこから赤い鮮血が墨流《すみなが》しのように滲《にじ》み泛《うか》ぶだろうか、と速水は考えた。

速水は再び北条を眺めた。眺めているのに眺めていないような心地がした。そして、徐々に正常な稼働を取り戻した脳がその事実を認識すると、速水は無言の思案に耽った。

俺は北条を、もはや愛することはできない。仮面の穴から覗く目は、認識する対象にすら穴をあけた。その穴から対象を覗くことで、対象の内部も俺には見えるのだ。内部を覗くということ。それは全ての内部が持つあの神秘と秘められたことによる官能的な芳香、柔らかな拒絶という心地よさを忽然と滅却させた。そんな風に認識した事物は、俺にとって内部も外部も同一の、愛するに値しない既知のものになった。しかし、北条は、薔薇の花弁や海とよく似ていて、初めから内部も外部もなかった。何一つわからない人間だった。だが、北条は俺の殺意に感づいた！　少なくとも俺に殺されることを理解した。その瞬間、北条の全ては、目に見え、色彩と香気が立ち昇り、この手で触れられもするものになった。海が身勝手に俺を殺すのではなく、身勝手に俺に殺されると海そのものが感じたのなら、それは何て幻滅だろう。この幻滅の心地のよいことよ！　一滴の血液が海に滴ることすら許せなかったのに、自身が血液になれることは感に堪《た》えないのだ。行動が海に影響を及ぼし、海は俺を特別だと思った。存在しないはずの海の内部が、海により齎され、俺は確かにそれを覗いた。はたして海は俺を救うか。共に死ぬのか。どちらにしても海としての理想像は破滅するが、その破滅は間違いなく、俺の求めた破滅だ。

　しかし、もし海が俺を見捨てるのなら、俺のみを殺すのなら、ここまでの全ての幻想も幻滅も行動も、何一つなくなる。覚悟も、決意も、後悔も。逡巡も、愛憎も、運命も。これから起こることに、何一つ関与がない。何もかもが俺の認識にすぎないとするなら、海は破滅することがなく、完全なる美はまさしく完全のまま、波の随《まにま》に律動を続け、生と死とを繰り返す。破滅する俺に目もくれずに。たとえ見たとしても、あの無関心な眼差で。俺の愛する海が久遠に愛される姿態を保持する、そんな認識の勝利、それもまた、破滅と同等に極上である。

　それこそが、完全なる美への挑戦である。挑戦によって試されるものは、俺ではなく完全なる美のほうだった。いつかの部長は人は人生に勝てないと言った。それは人生が示す選択の内側でしか、人は生きられないからである。しかし、もし人生そのものに、幻想そのものに、破滅そのものに、こちらから選択を迫ることが可能になるとしたら。何も選ぶことのない美という脅威に、何かを選ばせることが可能になるとしたら。それこそが、完全なる美への挑戦なのかもしれない。

全てを見透かされた刹那、自身が北条に抱く感情の正体を、速水は限りなく確信に近い形でようやく理解した気がした。恋と呼ぶにはあまりにも貞淑で、愛と呼ぶにはあまりにも猥《わい》褻《せつ》な、名状しがたいこの感情に、かろうじて名前を添えるとすれば、それは「幸福」の他にないように思えた。自ら設えたかりそめの幸福ではなく、一見、不幸と見紛うほどによく似ている、世界から産み落とされた現実の幸福である。

速水は再び暗い海へ臨んだ。両手で欄干を摑んだ。鉄の甘い冷たさが、吹き荒ぶ風と夜気で既に悴《かじか》んだ掌に染み渡る。

右足を欄干にかけた。そのまま蹴飛ばすようにして、速水は身体を空中へ投げ出した。何一つ語らずに身を投げた。沈黙が何よりも雄弁に思えたからだった。

低予算な映画のスローモーションのように世界が映った。

眼前には茫漠たる闇が広がっていた。

夜の海とは、まるで海の影である。濃密な闇が靄《もや》に浸されたように見え、波の輪郭なき輪郭、不定形な鮮明さがその影だけで形をなしている。留まらぬ波濤《はとう》、恒久的な澎湃《ほうはい》。それらは全て闇から生まれ闇に還る。その間に何を残すでもなく、逆巻《さかま》いては消える波の栄華。昼の青々しさとは遠く離れているのに、ここには海のありとあらゆる栄光、もちろん昼の海の生活的で明朗な生の栄光も含有されている。その栄光も絶えず唸っては閊《つか》えるのみで、闇だけが久遠に海の淫らな輪郭を影の集積として残す。闇は愛そのものだった。いや、全ての愛には、数多《あまた》、乃至《ないし》は一抹の闇が仄かに澱んでいるのだ。

白灯に潤《うる》んだ闇もあれば、無味乾燥を孕む闇もある。濃厚な闇もあれば、脆い闇もある。闇の一つ一つが入り組んでいて、それらの闇は、絶えず無意志に立ち代わる。立場に固執せず、生死に拘泥せず、無為に入れ替わってはまた別の波として放埒にうねる。幽暗の中では水平線はついぞ見えなかった。空と海とが本当の意味で等しくなっていた。あらゆる境界が消失し、あらゆる意味を喪失し、あらゆる存在が圧搾《あっさく》された。この世界、闇と海との世界では、あらゆる価値が等しかった。昼間、海に感じた生すら愛せるような官能性は、この破滅が潮風と共に去来し頬を撫でたせいだと速水は確信した。

海の遍《あまね》き色彩や形態が、闇によって認識者の観念や心象に立ち代わる。しかし眼前に広がるこの闇は、幻想よりも幻想的な現実であり、数時間後には確実に日に照らされる本物の闇なのだ。記憶と幻想と現実が、同じ世界に微かな拮抗《きっこう》状態を保ちながら存在している、紛うかたなきこの闇の実存。速水は芸術家としての本懐を遂げる自身を、陶酔や恍惚とは間遠の、遠くのほうで苦しそうに喘《あえ》ぎながら踊っている、何か別の凄まじいものの輪郭を眺めるようにして認識した。

身を投げた瞬間、身体を少し捻《ひね》っていた速水は、落下の最中に北条を見た。

そこには、闇に隈取《くまど》られた美しい影が佇立していた。しかし、深い暗闇のせいか、海の青黒い色調の反映のせいか、その表情までは見えなかった。

初出
「新潮」2023年11月号

装画
Ney

伊良利那
（いら・せつな）

2005年生まれ
本作で第55回新潮新人賞を受賞
（受賞時17歳、史上最年少）

海《うみ》を覗《のぞ》く

著者
伊良刹那《いらせつな》

発行
2024年3月25日

発行者　佐藤隆信
発行所　株式会社新潮社
〒162-8711 東京都新宿区矢来町71
電話　編集部03-3266-5411
　　　読者係03-3266-5111
https://www.shinchosha.co.jp

装幀　新潮社装幀室
組版　新潮社デジタル編集支援室

印刷所　大日本印刷株式会社
製本所　加藤製本株式会社

乱丁・落丁本は、ご面倒ですが小社読者係宛お送り下さい。
送料小社負担にてお取替えいたします。
価格はカバーに表示してあります。

ISBN 978-4-10-355441-7 C0093

〈決定版 三島由紀夫全集〉
⑦鏡子の家
三島由紀夫

日本画家、無名の俳優、ボクサー、エリート商社マン。無秩序と背徳の鏡子の館に集う四人の青年たちの運命を、朝鮮戦争後の頽廃の中に描く「鏡子の家」&創作ノート。

〈決定版 三島由紀夫全集〉
⑭暁の寺・天人五衰 豊饒の海 第三・四部
三島由紀夫

悲恋と自刃を見た男の前に現れたタイ王姫の謎「暁の寺」、転生の神秘に憑かれた老弁護士の最後の賭け「天人五衰」。250頁におよぶ「豊饒の海」全四巻の創作ノート。

〈決定版 三島由紀夫全集〉
⑱遠乗会・真夏の死 他
三島由紀夫

戦後まもなく病没した最愛の妹・美津子への哀慕が影を落とす「日曜日」「翼」「朝顔」「真夏の死」「雛の宿」など、昭和25年から28年にかけて書かれた珠玉の短編31編。

三島由紀夫論
平野啓一郎

三島はなぜ、あのような死を選んだのか——答えは小説の中に秘められていた。構想20年、三島を敬愛する作家が4作品からその思想と行動の謎を解く決定版三島論。

象牛
石井遊佳

自分を弄んだインド思想専攻の男性教員を追い、ガンジス河沿いの聖地に来た女子大生。だが象にも牛にも似た奇怪な存在に翻弄され——。芥川賞受賞後初の作品集。

息
小池水音

息をひとつ吸い、またひとつ吐く。生のほうへ向かって——。喪失を抱えた家族の再生を、一息一息を繋ぐようにして描き出す、各紙文芸時評絶賛の胸を打つ長篇小説。